句集
楡の東風

句集 楡の東風　目次

カバー・本文絵　石川絢子
扉題字　秋山花梨

氷下魚

昭和二九年

枯れいそぐ荒磯の柏ひびきあふ

蜉蝣の眞昼のいのちうすみどり

獣園の落葉かさねて陽のぬくし

甘藍の霜おく星のみぢろげる

師と在りてこころをささふ卓の菊

雪虫のいのちつめたきたなごころ

橇出すや遠嶺きはだつ空の澄

風おちて星のひろがる稲架ぶすま

薯掘りに茜さめたる柏鳴る

子を距つ夜の清浄に雪嶺星

昭和三〇年

落胡桃したたかぬれて日の匂ふ

芦の水くらみくらめて雪降りだす

身ほとりに落葉明りと賢治の詩

暁近む地吹雪牛舎の灯をもらす

オホツクの汐風にほひ芽木固し

鴨ひそと淀める水に曳く暮光

鈴懸に東風の白雲旅果つる

新雪に瀬音のほそみ椴こだま

邂逅のまみそこはかと枯木星

冬菊の翳ためらはず肌診らる

三十路なほ飛雪にぬらす思ひあり

古楡に雲三寒の光まとふ

寒の百合透き脳髄の毀れさう
三十のこころさいなむ夜の飛雪
岬の冬鱈割く風の夜も吹く
凍鱈の凍とく水に手を痺らす
寒ひらく百合の感触水のごとし
霧氷来て双眸ぬるる牧乙女

氷華透く稚き月光胸の上

冬の閨百合はみどりの蕾もつ

寒明くる詩反古かさねて病よし

詩貧し花采しをれし痕のこる

芽木の照り子の強情に囲まるる

洗ひやる子の髪しづく春の雪

〇二

春の雪心の罪を蔽ひかくす

フリージヤ鐘裡ありて思慕と知る

こぶし散り夕影ふかむ淵の面

熱の娘の添寝にとほる花の冷

咲きそめし花打ち震ふ雨に逢ふ

雪残る岳の朝雲花サビタ

噴煙の暮情はせつに花りんご
菜の花に没日を返す噴火湾
蚊遣香母子学修の灯をわかつ
学習の名残の紙片蚊帳たたむ
白昼夢白蛇はなれず疲れ濃き
ためらひの言葉とならず昼蛙

西日中海に憑かるるつがひ蝶

揚花火真実知れり別の瞳

川風の花野吹きぬく旅の髪

葦火もえ表情とぼし漁婦の貌

帰燕ゆく嶺のうすうすと雨催ふ

夕顔の花に時化よぶ海の風

片谿に暾《ひ》の靄ふかく落胡桃

秋暁に白蛾意志なき身を曝す

楡を背に疲れの一語いわし雲

昭和三一年

黄落やかつては燃えしこと恥ぢず

雪虫に匂ひもあらず宝石舗

ポプラ散り傷痕しろく昼の月

極月の楡一痕の月緊る

芦に雪つみ萬葉の世は遠し

枯れきはむ野の水の辺の光かな

冬めくや菜圃にひびく水の音

風花に人語はかなき隔離の灯

友愛もただ祈りなり黄落期

思春期の涙をためて毛糸編む

楡しづか燻しのかかる凍日擁き

妊もりし瞳のうるみ帯び白ショール

白ショール三十路なかばの窶れとも

黄落やいつか露けく書肆灯る

○一八

工煙に噋のびつしよりと唐辛子

ひざまづく雪夜の記憶みな脆し

眠剤の陶酔うつつ雪をんな

甘美なる死をささやけり雪をんな

甘藍だき女の涙すぐかわく

街路樹の冬日こまやか地階出づ

身弱さの悲願をとほく冬木の芽

リラ蕾む風塵の地に充てるもの

街騒の楡樹にふかく春の月

〔次男小学校入学〕

学帽に軀を泳がせて吾子入学

昭和三一年

黄落の風は地のもののテレビ塔

編賃の硬貨雪虫類をうつ

がつくりとひまわり身重も無風帯

生涯のこころの位置に雪の嶺

凍鏡けはひののらぬ編疲れ

晩学の寒灯低く夫との距離

極月の凍つ日かはきて楡に添ふ

煤雀煤降る街をいとし栖む

禅木に煙霧まつわり街動く

人形師凍三日月に鏨のさえ

寒の水指の生づく主婦の刻

女の知慧指につたえて寒の水

〔氷下魚抄巻頭〕

夕東風に声さらはれて姉弟愛

二日月ちらりと東風の交叉点

画展出て雪解風しむ身のひとつ

火のとほる一片の肉啄木忌

厨窓雪領とほのく詩なき日

熔接光昼夜わかたずリラ寒し

能面の白さ過去透くリラの雨

朝靄のぬらす胸丈豌豆つむ

豌豆の莢のさゆれも路地の唄

麦秋や砂利路とほく園児バス

麦秋のオルガンひくく分校舎

酪農にじやがたらの花明けきらず

じやがの花育てて月が秋めく夜

南風の中子と木琴の広き影
ゐんじゅ咲き木琴の音のはしいまま
保育園アカシヤの房風返す
ライラック日渦をすべる高級車
智恵子抄リラさむきまで死を誘ふ
夫看とる瞳に麦秋の風のすき

あぢさゐの青き翳らひ雨後の蝶

雨後の蝶菜圃自在に風のなか

詩とはに稚なく泉に唇つけて

山系の月にしたがふ鰯雲

蕗林冷夏の雲の音はしる

花亜麻の全身撓む風の照り

学舎古り雷雨片身に楡の幹

炎天に山羊ひざまげて祈るかも

昭和三三年

雪解風まともにうけて職変える

十字路の雪解かぜ抜け出勤す

民芸にこころをたくす啄木忌

民芸に脂粉の失せて芽木さむし

水韻の風ひりひりと花こぶし

との曇る都塵のこぶし香を流す

檻熊の体臭さむく辛夷咲く

〔長子高校入学〕
雪嶺光眉宇にうけとめ入学す

春北風《はるならい》地のささくれに子の歩幅

芽ポプラの風にさらりと母子の肩

残業の瞼の疲れ盆燈籠

改築の南風吹き抜けて意地少し

昭和三四年

いわし雲尾根には濃ゆく菜を洗ふ

詩まづし寒灯とどむ書架の塵

雪虫の風にあらがひ薪を割る

ひとつ家に異なるくらし冬厨

みぞるるや筆かたくなる泥絵具

愛憎や寒月幽く雪こぼす

星の天梢の翳りに風花す

芽木に降る雪さらさらと師の言葉

地吹雪にアカシヤの列枝を讃ふ

茜濃し風の路鋲にえんじゅ散る

刺繍針午後の重みを春雷す

颱風裡ポプラの雲に月のぼる

満月の薄雲ぬがす工場区

溶接光待宵草の彩なさず

穂芒の光りすずろに分譲地
淋しさの秋を真紅に午後のバラ
花蕎麦の匂ふともなし切通し
秋蕎麦の花錆色に畜舎閉ず
週間誌秋思ともなし枝睫毛
梅雨の星詩にこがれて眠るなり

花蜿豆夕さらさらと孤に返る

梅雨の虹仕事呆けを子に急ぐ

残業の家路の夜露踏みこぼす

昭和三五年

谷地原の雨粗々と擬宝珠咲く

出勤の朝より砂塵葵咲く

萩こぼれ粥のうわずむ熱ひと日

秋立つや未明孤独に己が刻

唐黍の風雀の睦語未明より

新涼の胸をぬらすは子の灯のみ

椵の秀に秋冷のぼる蝕の月

昭和三六年

詩の反古玻璃の氷紋夜が創る

地吹雪の星はつめたき身を燃やす

結びやる子のスキー靴暾の雀

茶房出てひとり凍星降りかぶる

園児バス二月の雲に煤雀

街路樹に星の感性二月尽

笹山に遅速の雪解苗育つ

岩掴む笹の日月雪解川

風晴れや雪解ひばりの声の湧く

〔長男北大医学部入学〕
楡の東風子に学問の道ひらく

水芭蕉原野のみどりほむらなす

星のみが賞めゐて林檎実をむすぶ

花終り瞳にたまる縫疲れ

昭和三七年

拓地眠り火山地の柏霜むすぶ

雪の岳昏るるゆとりに刈田照る

凍晴れのあくなき光り川鴉

干菜吊る陽のむなしさに蜂歩む

夕日のひかりもろ手に干菜吊る
強霜の暾にふかふかと藁塚にほふ

雲母

飯田蛇笏選　昭和二九―三一年

黒髪に香油なじまぬ冬鏡

スカーフに美貌残れる夜の雪

鴨ひそと淀める水に曳く暮光

林檎園雪解の夜風やはらかし

鈴懸に東風の白雲旅果つる

荒磯のおらびかがやく流氷期

花冷えの指もてほぐす夜の髪

青潮の日照雨きらめく花りんご

花薊夜雨にしめる杣の路

川霧に尾根あきらけく馬鈴薯の花

晩学のこころのかげに鳴くちろろ

子燕に青嶺の雲のかぎりなし

星しるく葉おとすポプラ時鐘鳴る

雪になる芦のみじろぎ鴨の水

風ひくく花壇の翳に秋寂びぬ

眠剤に脳しんしんと雪つもる

かりがねや描けどさみし夜の眉

凍光に世俗をとほく病食器

人妻の眉のおさなく風邪ごゑ

街娼の歓語流れて運河の冬

地吹雪の星あらはれて楡の梢

地吹雪の楡を鎮めて月蒼む

病少女寝息やはらか深雪降る

楤芽ぶく海光とみに岬の風

凍江に翳をとどめず白鷗

鰊不漁気紛れ雪の海に降る

湯鏡に春の雪降る余後の肌

春盡の水に映りて樺の翳

風致区のリラ咲きそめて朝の靄

羊蹄の雪襞粗く花かんば

噴煙に薄暑の明かり花サビタ

サビタ散り湖の漣ひた寄する

冷え冷えと没日の金光稲の花

おのづから水に明暗蓮ひらく

舷に蝶吹かれ寄る晩夏光

胡桃落ち神苑の水音もなく

白菊にひめたる喪あり片化粧

渺茫と馬柵のしぐれに月照らす

丘陵につながる畜舎冬ひらく

凍原に畜舎の眠に朝月夜

街川の凍きはまりて藍流す

寒念仏夫婦とみゆる雪明かり

星しづく樹氷に胎る雪まつり

極月の楡一痕の月繋る

ひそかにも月の照りうく初湯かな

除夜の鐘今鳴り出づるうつし身に

学園の楡に陽のしむ雪解風

果樹園に雲の表情雪解風

風塵の陽をまぶしみつ楤芽吹く

街川の藍裂くデルタ寒波来る

昼月に過ぎにし想ひ雪の墓

さかな町魚に表情暮雪降る

露店建ち運河の凍日うつろへり

凍夕月見知らぬ墓にひかさるゝ

嶺に續く雲の波状に雪まつり

大寒の朝餉つましく彌陀の香

春北風明治の館解体す

飯田龍太選

昭和三二年

寒菊に錠剤甘く身を愛す

花りんご津軽をわたる子の便り

青葉透く日の克明に桐実る

初ほたる袂匂はせ見舞妻

雪虫の風にあらがひ薪を割る

雪虫に昼月残る風あかり

昭和四〇年

狩勝の七月花野霧すさぶ

昭和四二年

楡の夕飛雪十字に祈りの刻

地吹雪くや楡水色に夕べ来る

冬銀河きびしく生きし女の眼

かなしめば青葉の凍は葉先より

楡の夕日風憑くひかり融雪期

多喜二の書三月の雪降り融くる

鳩の声こぼれ日濡れて蕗の苔

昭和四五年

寒の雨梢に傷心残し去る

芽木固し陽は雪こぼす凍魚の忌

地吹雪くや僻地教師の眉目澄む

雪解星妻の願ひの縷々として

雪解星誘ふアカシヤ交叉点

昭和四八年

秋冷の笹飄々と湖こだま

樺もみぢ薄暮とどろく湖しぐれ

落葉松に雪炎のぼる母の葬

しらじらと寒気ひざ抜け茶昆の鍵

昭和四九年

黄連雀飛雪のイボタ覆ひ去る

水芭蕉地のつめたさを愛しめり

玉蜀黍の風海に裾ひく駒ヶ岳

火山灰続く花野の果ての海展く

昭和五〇年

鱒池に土のしめり香蝦夷あざみ

雪嶺背に菜に塩ふりて誕生日

地吹雪の楡をのぼりて月の蝕

大鮭をおろす渾身寒の雨

結氷音鴨の浮身の夜明けたり

白鳥の羽搏つ氷湖に流れあり

から松の夕陽砕けて雪解川

潮さして運河泡立つ多喜二の忌

蝦夷鹿のすが目氷湖のゆるびたり

斑雪山遠離の雲の流れつぐ

碑の岬になだれし斑雪山

漁明けの魚の函積む鯉幟

初蟬や崖をそびらに学府建つ

〇六〇

芝ざくら日と風遊ぶ水子塚

蟬しぐれダムのうらより冷えのぼる

園ふかく児のうす瞼えごの花

これよりは己が齢や夏野ゆく

火の山の夏暁やすらふ白障子

燈明のかなたの葉騒実梅透く

炎暑光黒白しんと版画展

石楠花や女人をよせぬ湖の色

盆花の木叢鳥翔つ暗さあり

朴晩夏斧鉞を知らぬ風渡る

日照雨過ぎ稲穂にとどく山の風

這松の岩根も秋の雲の上

露けしと蛇笏忌祖母忌身にかさね

昭和五一年

うす墨の椴のしぐれと山鴉

舞ひおさむ黄の蝶しばし落葉踏む

朴ことによべの野分の雲を曳く

青鷺も枯洲のいろにみぎは澄む

蜻蛉日記みぞれの雷の雪となる

尾白鷲枝に湖の藻屑の打ちけぶり

煩悩を雪にさらして葦光る

二日月宵より凍てて人淡し

街路樹に靄のしばらく睦月過ぐ

雪まつり雲の曼陀羅嶺にかけ

みそぎ跡ぬめ石弾むしぐれ滝

浅春の太梁しんと峰を呼び

冬清水ばさと鳥翔つ後山かな

冬銀河夜汽車で通る母の郷

水上の嘴ぼそからす涅槃西風

白鳥去り白の幻覚湖心より

縄跳びの土手は輪の中蕗の薹

高梢の微塵ゆるさず鷺こもる

乳牛の泪は淡く水芭蕉

林沼の巣ごもる鴛鴦の雄は泳ぐ

朧夜の墓が見おろす朴の谷

春闌けて沢の細幹小啄木鳥《こげら》打つ

〇六六

源流の木橋乾きてサビタ咲く

蝦夷丹生や水見櫓の文字消えて

円空仏千体おがむ朧かな

唐黍の四方に濃くなる山の影

せつせつと女滝をのぼる梅雨の蝶

とつぷりと暮れし稲穂に山迫る

逆縁の叔母に稲穂の水鏡

牛飼ひに干潟しみじみ水澄める

眦に百合の群落太平洋

昭和五二年

椴の秀に霧の溶けあふ唖鴉

秋冷の空を谷つんと硫黄の香

〇六八

唐黍の闇深く来て温泉の農婦

放牛の一樹おのづと枯の中

山中の何処かしぐれて砂防ダム

墓前より谷戸はゆらりと蔓もどき

野分雲往くたび死木をかがやかす

ゆりかもめ河口の潮も牧の中

いづくより喪の髪につく雪ばたる
姑逝けりみぞれ透くたび川が見え
雑踏に冬至を過ぎし月の色
花下げて明日の仏事をみぞれ傘
祠みえわかさぎ漁の村の空
枯菊をことごとく刈り己が影

寒の星どの木につくも谷の中

洗ひし髪氷る夜の坂久女の忌

雪まつり鳩も高みの枝にあり

しはしはと寒靄の陽に養鱒場

ふか雪の鴇子鳴くかたにけものみち

苫屋より岩にみぞれし海の虹

朴の実を掌にやすらぎの空ありぬ

潮騒に鶏鳴く正午鱈割女

山啄木鳥にしばし寒暮の眼を預け

雉子の尾に雪庇ゆるびて雑木山

草霧氷して野ぼとけの尊かり

なかぞらを雪炎よぎるお登勢の碑

墓の木を懸巣がゆする雪解空

はくせきれい雪しろそそぐ湖の上

山迫る蜑《あま》の四五戸も百千鳥

流氷の茜樹林に星生まれ

蒼天をたのしむ木々も雪解谷

雉鳩の啼きつれ森へ霞みけり

山の子に夕べ濃くなる蝦夷擬宝珠

森を出て野兎敏にかぎろひぬ

蝦夷楓芽ぶく紅さす滝の前

崖下に小啄木鳥うつりて残る雪

炎天の鳶をしばらく高架駅

自転車と渡船に乗る子北の夏

春潮に刃物を洗ふ蜑の昼

穴を出て水照りの中の烏蛇

粗き巣の枝の先々も鷺の空

石斑魚釣る子に水神の厨子ひらく

花菖浦和泉式部の世をおもふ

啄木鳥の子に無垢の旭がさす餌の刻

廃校舎丹生の花傘雲と照り

雲容れて酪農学校菖浦咲く

茸榾に白昼の蛾のうすき影

盆三日港はなれし浚渫船

産院の夜半を澄みゆく盆の月

鳴ちどり干潟は潮を忘れをり

秋めくと目立たぬ花に干潟草

朝曇り産後を看とるジャムを煮て

開拓の水をどこかに鳥頭

潮灼けて水甕据わる昆布干場

もろもろの木の実深空に谷祠

乾きゆく昆布の縞目に郵便夫

残る暑の物干すたびの栗の毬

朴の実の朱をみさだめて蛇笏の忌

熊出る沢しんかんと鱒の池

石に湧く水が秋瀬につながれり

甘藍も露に奥嶺のさだまれり

一束の鬼灯つるし家訓守る

昭和五三年

山国の籾する音を遠くせり

夜はことに霙の小菊古障子

行きずりの異国の水夫も神無月

白粥の箸に時雨の通りけり

芒穂に紅鱒の水鎌のいろ

月明の瀬音もちから鮭遡る

秋冷の火口に隣る水湧く谷

鴨殖ゆる湖の葦間の戻り波

高嶺星たちまち氷る餅筵

神苑の鵙が寒暮を明るくす

野鶲の草の秀に来て露の空

駅逓はクラークの世の落葉降る

寒禽の夕谺して裏参道

凍滝の落ちて音消す谷の中

祠より兵の筆跡木の実降る

行く秋の鳥の声出すなきうさぎ

鶇翔ちて氷柱越しなる隣家の木

雪折の音きき澄ます流人の碑

粉雪なか啄木鳥の一樹は伐られけり

寒の潮せり出す岩に朱の鳥居

すばる星地吹雪くときは楡に寄り

人肌の落葉松があり凍れ空

目を上げて鯉は深みへ雪の国

〇八二

極寒の月の満ちゆく種羊場

鵜が潜る波のひだより吹雪く湾

べうべうと上澄む空に地吹雪く木

はだれ野に湖忽然と禁漁区

帰る鵜に枝をのべては湖岸の木

種浸す湖の萌え黄のゆりかもめ

春疾風牝鹿十歩に湖しぶく

雪しろをいま引く潮に月の蝕

はだれ野のひとつ御堂に神ほとけ

尼にあふ湯ざめごころの山の宿

尼の寺鳥啼きながら辛夷山

鳥交る寺の隣の歯科医院

杉木立より夕凍みの巫女二人

堂守の雪掻く先に萌ゆるもの

芹の水父の齢のままのあたり

寄生木の毬に夕凍む空があり

風化仏イタヤ楓の花粉浴び

滝浴びて青水無月の手が淋し

北国の諸木花もつ五月の谷

学童に滝の抜け道花胡桃

沼の木のどれも白花通し鴨

煙突に巣作る小椋鳥分教場

今年こぬ鳩の古巣も土用かな

架ポプラ風やむときは水の上

栗の香が流れ隣家の食器音

海へ落すひとすじ滝のひと蛇笏の忌

暗がりに鳥翔つ気配早星

山近づけて炎天の二の鳥居

土用次郎行けぬ岬の地図ひろげ

日高路の花野に尽きて忘れ潮

むせぶほど杏子煮つめて帰省待つ

梅落す香にまみれては山の稜

夕闇に啼かね鳥とぶ土用の木

楡に鐘吊って馬術部秋高し

礁を出る海猫の幼鳥盆供乏き

鴫来ると干潟は草の花雫

肉塊を荷下ろす巨船鳥渡る

桟橋の見ゆる理髪屋雁渡し

葉がくれの鵙に低温研究所

ひつじ草花を残して鯉太る

遠足の木魂となりし九月の樹

素通りの修繕寺暮るる曼珠沙華

雪来ると運河の鷗に餌が撒かれ

沼の木に鴨来る前の日照雨過ぎ

腐葉土に消ゆる跫音雁わたし

葦毛馬瞬くたびにポプラ散る

昭和五四年

幾山のなかの奥嶺に雪鮮らし

北暗きのすりの渡りサイロ越ゆ

懸巣枝に日は陶然と国境ひ

空濡れて南下のイカル声とほる

秋耕の山に雪来て松毟鳥

日高路の馬柵よりたかく葉月潮

熊笹に栗鼠の聞き耳冬めく日

突堤に貝割る鴉十二月

茎の石鶺群れては木を離れ

薄雪の梟眠り木が覚めて

鯉飼って雪のくぼみに老夫婦

わかさぎを飴色に煮て他郷かな

秋逝くやダムの鴉は人を視る

薄雪を被て梟の深まぶた

峠越す深山懸巣が日を抱いて

巡視艇出で入る運河雪解星

宙よりも鳰に吹雪きて湾の口

流氷や産湯にひらく嬰のこぶし

遠洋に明日航く校旗飛雪舞ひ

鳰のこゑほのと寒暮の異国船

諸鳥のなかの鶫に二月ゆく

鱒はしる凍湖狐の尾に暮れて

春のみぞれに拝殿の赤子泣く

凍滝の裏の水音身に籠もり

群れをとく鶫二月の波頭

〇九四

干木にみぞれて薄墨の山浮ぶ

小啄木鳥来て芽吹きを急ぐ桂の木

榛咲いて鷲の孤影の夕ごころ

湯ほてりの子の額髪仏生会

凍滝をはなれて水のひびきかな

鍬浸けて一夜鴨翔つ真菰村

鷲羽搏つ園にこぶしの青蕾

水はじく鯔の生き身や春の風邪

鶏鳴のしめりはなれて畦焼く火

ゆく春の白鷺水の影に倦み

蟬は羽化して少年のぼんのくぼ

おもひつめし鷹の眼檻に春夕日

ユーカラの綿綿として水芭蕉

普賢さくら梨花に粉る深空かな

滝落ちて樹齢のけぶる白ざくら

岬おぼろに水貝は箸を逃げ

野葡萄の花芽の奥に神威岬

草原の鳥こもり啼く梅雨の入り

はぐれかもめ炎天の修道院

鬼燈の花晩年はうすして

身にちかく水鳴る谷の青葉冷え

子育ての梟真昼の日を怖れず

靄うすれうすれせり出す青岬

ちかづけば鷭の水輪の消ゆるかな

細滝の落つる広さの水すまし

葭切のこゑの此岸に冷えてをり

懸命にとぶ鵜か盆の波さわぐ

すぐ消ゆる虹黒牛に蕎麦咲けり

翡翠の巣に拓北の涼意かな

暗がりに明日の墓参のをみなめし

裏口に潮ふくらめり豆筵

礁去る人に火の香のほたる草

巣立ち梟二十日経てのち木に染まり

岬まで野わけ貝殻ひかる径

磯に捞ぐもろこしの香の日暮れ村

むかご炒る落葉松闇に消ゆるまで

陰陽の石を祀りて葉月汐

絵本閉じ雨月の潮を遠くせり

田鴫下り眼くばりせはし牧の窪

九月はや青鳩群るる磯平ら

引き潮の置き去る海星霰打つ

昭和五五年

枯葛のつる引きあへり夫婦神

鳰消へて露国の船も吹雪くなか

はつ冬のいつより祖母の歎異抄

九十の伯母に種稲架匂ひだす

栗鼠が来ておおばぼだい樹雪待つ木

北限の杉も葉落す神無月

同齢の死に踏みたがふ渚雪

おもかげの珊瑚の念珠除夜を過ぐ

青鷺に年越すほどの流れかな

鳰のほそ頸みちのくは海隔つ

旅立ちの紫蘇もみし手の覚めてゐし

雪音に柚の木は知らず柚子湯かな

死木ねぐらの梟に雪の蓑
松過ぎて図画の山から鶸のこゑ
咳の子の手に乗る禽のうす瞼
身にすぎしおもひ霜夜の曾良日記
海明けるまへの星夜のさるをがせ
氷湖目覚めゆく鷲の子の斑を泛かべ

冬木の芽齢の節に至りけり

氷海の荒星髪にふりかぶり

夕凍みの鷗来るたび笹覚めて

原木の切口霧氷ほどけたり

雪解星さらし鴉の霊翔てり

から松の糸くるごとき雪解谷

湖向くたび牡鹿のぬめ毛冴えかへり

別れ霜踏みて家鴨に朱の水かき

凍蟹の華とほぐれて西行忌

涅槃西風どの揚船もこゑ透り

流氷を踏み来てひとり牡蠣焼く焔

霞みても氷湖の愁ひ尾白鷲

はだれ野に神事の太鼓ききとめて
少女等に森は魔性の座禅草
咲きおくれし辛夷に馬頭観世音
山祇《やまつみ》にひばりのこゑののぼりつめ
鳥の栖む淵ある限り山ざくら
鶫群れては丘陵を萌えたたせ

ノビタキのこゑ乱礁の夏を呼び

まばたかぬ魚拓の眼明易し

戦まぼろし黒牛は虻払ひて

暮れぎはを翔ち翡翠のこころ映え

こぶし遅れて森に山椒魚孵る

鶏毟る主婦の身ほとり雨季きたる

みなづきの木深く寮歌澄みにけり

から松に馴染み鵙の子潮曇り

小葭切啼いて幾日梅雨のばす

雉子小屋にちやぼが飼はれて土用波

盆過ぎの波くる礁の忍路草

子つばめの断崖に触れて土用波

三伏の月の文目に鵺鳴けり

天辺に白蛾の群れて薄暑の木

夕星を待ちかねて鳴く黒鶫

雷雨去り唐黍ほぐす川漁師

昼顔に養魚の餌が煮えてゐし

平原の鷹の迂回路冬隣る

遡りきつたる鮭の斑に山澄めり

はやぶさの木が忽とあり葉月汐

雪催ふ魚の口中肉色に

冬支度懸巣が樹間縫ひてゐし

山峡に老いて白露の林檎の木

大綿や林中の密匂ひだす

昭和五六年

群れ鳥のなかの柄長にしぐれけり

おく霜の筱の遡る潮の中

楡ポプラ冬めく葦毛馬の耳二つ

歳月のはたと辛夷の実くれなゐ

それぞれの冬木となりぬ人もまた

凩や牝鹿にかなふ湖があり

冬迎ふ人の素ごころ松毟鳥

童女が仰ぐ雪の香の葦毛馬

凍滝の歯朶はみどりを尽しけり

笹鳴や森遠巻きの塔一つ

老杉に隣る柏の淑気かな

数へ日の薹の香に似し紅茶の香

懸り凧網倉の昼しづかなり

滝氷りつつ密教の窓格子

鵜と並ぶ岩の鴉に年つまる

寒禽の負ひくるひかり古墳の木

喜捨の銭をりしも寒の十三夜

涅槃図を離れても身の雪解風

一瞬を賭けるハイタカ葡萄郷

鷲の嘴氷湖は常の風景色

魚箱打つ音のひとつが冬木越し

多喜二忌の飴屋の屋根に百合鷗

何積んで伊予へ船発つ雪解空

涅槃西風稚鮭雄心たくはへし

薄氷や園児のぐぐる仁王門

空腹の鳥来て萌えしばかりの木

忿怒仏一つ殖えゐる雪解村

芦の間の芽吹くは見えず孕鹿

引く鴨にからまつの修羅つづきをり

仔を離す山羊に彼岸の皓と過ぎ

憂きことの榛の雄花に吹雪くなり

青鷺や雪陽炎のはるかより

融雪期とほき眼の魚を焼き

鳰の巣にいま鮮やかな風過ぎし

どの木にも鳥の眼があり春の水

川遡るかもめ暮春の一寺院

苗代に遠くもあらぬ鴨のこゑ

鷺の来る空やはらかし火焔僧

畦焼くや牛の乳房もくれなゐに

ある昼の雄牛が笑ふ大夏木

巣の鴉の風吹くたびの姿かな

青葉木菟いつも桂の木を慕ひ

川舟のあればば人里小葭切

膝に置く祖母の仏典さなえ月

昆布漁まへのときめき胡桃の木

青鵐棲む浜の大釜明け易し

やませ吹く襟裳や松の芯曇る

朴咲けり磯鴫つねの一羽より

翡翠に雨の追ひ打ち夏深む

蟹茹でて九夏もなかば襟裳岬

清流に遇へぬさみしさ夏の鵙

滝落ちて水の節目に葛咲けり

滝となる前の水音黄つりふね

茄子を捥ぐ漁婦に七夕ちかき海

杏子煮て炎暑二日のあとの雨

林中に沼あれば照る捕虫網

真葛野のひびきを忘れいわし雲

いちはやく朱となる木の実磯泉

渓流の礁と遇ふ日の露深し

どのつるも樹の高みまで火の恋し

雁待つや祖母在るごとく真綿ひく

蛇穴に入りてしんから谷のこゑ

染糸を晒して枯れを深くする

初潮の蛸壷に笹結へをり

仲秋の鷹が干潟の木を好み

晴雲に鵙を見しより冬隣

昭和五七年

吊しゐる鮭にはればれ氷る山

産卵の鮭草木の香を奪ひ

湧払の野よりしぐれて鮭のぼる

葱伏せて鵙のうなづく空模様

麴屋を出て校門の初あられ

湖ちかく金鶏を飼ふ雪起し

雪催ふ真鶸のこゑと知れるまで

山眠る沢瀬づたひに鳥けもの

塔枯れて森の素朴に触れゐたり

小説のはじめ落葉松吹雪くなり

鳰の胸見えぬ遠さに年過ぎし

鉢植の花なきがよし貘まくら

吹雪溜りに人日の木かぐはし

にほどりに吹雪き怒濤の暗からず

縫始む塩瀬の衿の白さより

いつの世と知れず勾玉吹雪く森

刃こぼれの鎌にむかし芽木冴ゆる

蛸舟の棹が眼に入る三学期

煮凝や或る夜おしどり去りし沼

山下りし鳥翔ちやすき雪消月

牡蠣の海から日のときどき受験生

黒牛に冬去る潮のあらたまる

木地の香に高館の草青みたり

春の水音は蟬塚の虚空より

火山麓真菰は芽吹き遅れをり

青鷺や雪しろは野にひびくなり

涅槃図に降る雪礁隠れたり

蝶生れ作務僧石に映りゐし

斑雪岬鶍のまなじり切れてとぶ

片栗の花踏まれずに日本海

蕗の薹羅漢のまぶた明りかな

辛夷匂へる同席に修道女

火の気なき牛舎に木の芽流しかな

風すぢに浮巣みてゐる酪農生

梢だけ風ある鷺の孵る日か
風の香は樹の香となりて鷺こもる
種下ろす鷺の羽音が通り過ぎ
夏うぐひす裏口に潮さしゐたり
常緑樹雛のゐる木と隣りあふ
青鳩に礁のきはの深緑

花えんどう潮やはらかく応へをり

深入りし木暗れに鬼子母神親し

羽音して奥あるけしき菖蒲園

剪りごろの菖蒲は人と潤へり

ぎしぎしの花憎まずに行々子

炎昼の牛匂ふなりクルス聳つ

菖蒲咲く木橋に遇ふは郷に似し

秋口の浅く山見る峠の木

磯鵯の礁隔てゐる涼しき樹

遥けくも祖母の剃髪雁来月

萩に日が重しと十二使徒教会

隼の巣立ちポプラの微光より

まづ鴨が来て雨もよふ茸山

低き山ばかり日当り鮭遡る

魚紋ときをり沼の木に小鳥来る

一雨得し朴の実あかり蛇笏の忌

かなへびの川原擦る音冬隣

昭和五八年

山鴉来て菩提樹の深空あり

田仕舞の火を見しよりの鴨のこゑ

布染めて空ことごとく雁来月

桂の木四五本過ぎて笹鳴けり

山すこし見ゆるがさびし浮寝鳥

岩祀る波折れやすき女正月

雪ちらつけば淵いろの鯉の息

年迎ふ柄長のこゑの繊みより

涸谷を鶸のひかりの過ぎしのみ

残る椋鳥その日の嶺の瞭かに

さざなみの鳰にはじまり雑煮箸

松過ぎし仏に忿怒あることも

猛禽の檻よく見えて七日過ぐ

出港の水先曇る鳥総松

波音は破魔矢の鈴の過ぎしより

左義長や諸木のなかの柏濡れ

みづうみの雪陽炎へば鷲老いて

凍光の伐る木に啄木鳥の穴いくつ

春隣るけものの足音一樹より

啓蟄の木から草から鶫鳴く

稚魚幾千涅槃の雪に染みゐたり

面舵は祖父のこゑかな浮氷

啓蟄の榛の木宙にあそぶかな

浚渫船弾みをつけて笹起る

こぶし芽に滝のうしろが広く空き

淡雪や仏もくなみだ壷

山脈や鵜が海明けを告げに来る

尼講やまだ陽のささぬ雪解滝

たれかれに薫風鴨の水辺より

半夏かな峠に蛙鳴くことも

どの舟も名があり雲雀あがるなり

砥の上のさかな庖丁さくら季

強風のいま力得て牡丹咲く

榛の木に舟繋ぎゐる愛鳥日

雛のこゑたしかめてゐる氷雨の木

海見尽くして前の世の夕黄菅

夏うぐひす木霊祀る岬あり

墓石を好むノビタキ炎暑来ぬ

慈悲心鳥応へし闇のみづみづし

ただ暑き川郭公のこゑ離れ

托卵やきらきらと洲の葭雀

大学に夏来てゐたり葦毛馬

潮騒の重みがかかり谷うつぎ

草原の暑さ狐に鳴かれたる

放牛の洲を大切に朱夏の川

貝塚に何の谺ぞ耳菜草

干草に姿消す鳥土用餅

火を焚いて人の呼びあふ秋の浜

烏賊漁や星におくれて二十日月

雲丹舟やきりぎしは旭の優しさに

秋のこゑ礁はなれる白蛾にも

いまいでし星は烏賊火と鎖なす

滝に耳澄ます九月の桂かな

廃船に潮照りのぼる威し銃

鵙の贄吹く風重くなるポプラ

蕈茸のサイロにやがて鴨のこゑ

林中に冬待つやうな鳰の水

昭和五九年

笹叢を出で入る鳥に冬近む

露けさや熊ゐる檻の奥が見ゆ

穴まどひ沼に真向ふさびしさに

出水川蛇の衣より風たたす

山雀や冬立つ墓に燭を持ち

葱煮るや山国の闇そこにあり

暁紅や寄生木の実のふつふつと

みそさざい見えぬ日は木の影を追ひ

歯朶踏んで十一月の谷のこゑ

飛ぶものを世の音として師走空

通ひなれし歯朶の谷より淑気満つ

なづな粥どの家の裏も舟舫ひ

年流る馬の瞼のやさしさに

松毟鳥かくせし木より雪こぼれ

デッサンす少年鷲と松過ぎぬ

寒明くる礁鴉を忘じをり

昼虹忌起笹濤のいろ重ね

能舞台木守りの柿の日がとどき

余寒とは甲冑に射す月のいろ

日脚伸ぶ土間のつづきに舟もやひ

老樹よりひわの黄のこゑ春氷

斑雪嶺に飼ひ葉抱へし乙女あり

筬の音聞きたし小鳥引く拓也

余寒かな鴛鴦は木にうるほひて

城壁の杳と雪解の樅聳てり

願ひごと絵馬より抜けて万愚節

鶲が来て覚ます巨楡仏生会

火の透る鰭が動きて西東忌

鳥風に瑞枝は紅を噴きあげて

水ぬるむ藤に幹あること忘れ

灌仏や禽の餌どきは夕映えて

巫女帰る奥のさくらに闇厚き

神杉のすつくと暗し夕ざくら

綾取りの鼓が川に帰雁かな

鵜の潜く白波ひとつ炉の名残

水芭蕉立木の澄みのきのふけふ

朴蕾みしばらく雨の匂ひけり

浮巣かな沼は満ち干をさざなみに

海鳴りやむかし円座の婚衣裳

堰の音上ゆく木の芽流しかな

代掻のあとは山風川の風

茂るより桂は木菟を待つ木なり

萱草のかくれごころか夕木霊

ミサの児のくるぶし桐の花こぼれ

夏うぐひす網打って沼呼びさまし

橡の花海に入る瀬を見てをりぬ

ひとりづつ来て凍魚碑の夏木立

暑き日の川洲は海猫を誘ひ出す

軽鴨の子の田を離れたる盆の空

一歩づつ素顔の暮るる菖蒲かな

十一の近音に潮流るる礁

川魚の匂ひ手にある半夏雨

重陽の夕日を招く銀の匙

葛咲くや手もとに潮の風すこし

天狗茸日照雨びかりに冷えてをり

つばくらの返しくるたび炎暑去る

火を焚きし波の際まで螢草

箍かけるひとに灯のつく九月かな

十三夜農婦につねの温泉の小径

稲架解いて禽の気づかぬみそぎ瀧

瀧垢離の女人に鶸のくる日和

伏流の出口と見ればゐのこづち

昭和六〇年

雪起し杉の青実の匂ひだす

にほどりの声とどかせよ廃運河

手毬唄木守り林檎となることも

むかご炒る児にから松の一路澄み

はじめての霰石切る音の中

一羽だけ外にゐる孔雀雪が降る

鬼灯吊り祖母の信心母が継ぐ

三尊の厨子かたく閉ぢかへり花

象を見に二重の扉雪しぐれ

寒に入る不動明王版木かな

檻の鷲寒暮の眼山へ飛び

山下りし禽のしめり音飾焚く

三寒の鶫のくる木に鶫鳴く

ひとつひとつ慾消して年暮れんとす

雪月夜念珠の重み娘へ渡す

涅槃図の象の耳もと吹雪くなり

流氷の見えぬ潮鳴り嬰児眠る

霧氷解く一樹をはなれ鷲のこゑ

三月の火が欲し武郎旧居かな

追儺の灯にほどりに波折れまがり

涅槃会の日当る稚魚に目が二つ

寒の水加へてけぶる飼葉桶

鮭の子に寸余のちから融雪期

地吹雪の月たかくある雛用意

山よりも木につく雲や入り彼岸

おもむろに次の木叩く剪定夫

蛇穴を出づから松に幣吹かれ

山塊へ更に翔つ鳥畦火燃ゆ

春遅々と章魚突く竿のひかるたび

うぐひすや難所の礁一歩づつ

波音にちやぼが粉れて暮春かな

雁帰るころや農婦の身拵へ

蒼然と帰雁の嘴のひかり浴び

あたたかや鴛鴦に洞ある木がひかり

棄舟のもやひをとかぬ朧かな

砂山を越えし浪音ひばりの巣

ぞんぶんに山風つかむ胡桃咲く

明易し廃船の綱潮へ垂れ

青葉木菟桂の瘤になりきりし

岩山の春蟬はまづ尼に鳴く

山祇の風来て胡桃花こぼす

明易し魚拓にひびく浪の音

かたつむり海霧を遥かな音として

明易く養魚の水を瀬に返へし

炎昼のひかりを収め朴の老ゆ

青ぶどう霧の厚みの山信じ

をみなめし手折る母見え魂迎へ

手花火のぽとりと消えし山の闇
またたびの花のあたりか夜風満ち
実を急ぐ夕顔櫓音はるかより
秋めくや茄子にあらたな紺のぼる
紫蘇もむ掌染まり一病殖えてゐし
北いつか欅に風をきく晩夏

魂棚のくさぐさの香もひと夜経し

船轆轤巻くたび丹生の枯れが見え

青鳩の去ぬ日を恍と礁の数

あまた鳥の目みぞそばの実に紛れ

磯畑に海胆の殻積む秋彼岸

叔父の棺まざと稲穂の波に乗り

昭和六一年

翔つ雉子の彩残りたる野のしぐれ

大根引き鴨が羽搏てば日がこぼれ

浮鴨の渺茫たるを野へ継ぐ

染糸の縒りもどしをり枯るる中

渡りゆく雁と見るまで岬の木

百姓が簗かけてゐる十三夜

ひそひそと羽音越えゆく田の仕舞

夢殿のおもひのそとの柚の木かな

門限の義仲寺にゐてしぐれけり

この寺の影に入りたる秋遍路

淡海しぐれて持ち歩く京の地図

なか空に雪来る重み兎飼ふ

雪の来るらし虹鱒に刃先むけ

搾乳の夜明けをしばし雪女郎

残る実やときをり淵によき水輪

雪深く年ゆく燠をみつめをり

落飾のひとのことなど柚子湯かな

制服の娘も落柿舎の露のなか

二日はやひとの足音待つ兎

尾白鷲こゑ出て園の澄みにけり

寒林や禽来て小さき光撒く

暮雪忌や冬萌えるもの空へ向く

手焙りの火をたづさへて和布刈舟

雪折れの梢見て過ぐ風邪心地

蛸漁のひとり一舟日脚伸ぶ

雛の日や谷出る水に力出づ

夕はだれ水鳥深く胸合はせ

涅槃西風屯田の世の欅にも

雪解風死木にも月かかりたる

日暮まで野火のうつり香鴨の上
滝裏に暗きもの満つ芽立前
濤高く鷹抱卵の木と定め
引くまへの鴨と暮れたる山の池
船に積む木の香のほかは朧かな
出漁の鍋釜ひかり木の芽どき

菊根分その夜を上げし月のいろ

ゆく雁や舟伏せてある百姓家

山鳩のこゑの湿りを畦火まで

しわしわと衿に近くて帰雁かな

山脈の微光をよそに夕雉子

六月の浪距てたる雛のこゑ

こうなご漁暁を焚口匂ふなり

蛇穴を出て下校児のこゑのなか

魚筵たためば青き皐月潮

抱卵の鵜にことごとく夕日の影

夜外演奏空席ひとつひとつ消え

あめんぼう励みてゐたり榧の音

晩年を告ぐる川音しょうまく

泳ぐ子に木苺の実の甘きいろ

草の丈ほどの島の木蛇の衣

秋めくや木賊をくぐる水のこゑ

唐黍の穂先ぼたた山つらなれり

をみなめしいつより消えし墓参道

子つばめに音のはじめは濤と風

川すじは雲の意のまま朴茂り

新涼の雀かたまる厩口

ひさびさに棟梁のころ秋はじめ

墓洗ふつねの容ちに山があり

新涼やきのふ法然像まへに

去ぬつばめ厩舎の梁に鉈の跡

鮭の背鰭に脈々と夕日の川

鮭月夜谷の家はなれ離れにす

柏の木ばかりに鮭の錆はじむ

小滝ありぶどうの熟れの風走り

鍬見えてことりともせぬ良夜の木

昭和六二年

雁落ちて洲のなみなみと暮れにけり

滝音に鳥の音まじる冬はじめ

流木にやがて引く潮みそさざい

小春日や吐息のやうな墓ひとつ

湖を忘れて青空のつるもどき

枯山中魚紋の音とおもひをり

啄木鳥啄ただよひて冬うしろより

水音と懸巣来る家日短し

樫鳥の頬炎えて沼涸れゆけり

浮澄台ゆれてゐるなり雁のころ

松過ぎて一群れづつの浮寝鳥

空を信じて氷上の尾白鷲
月容れて不凍湖の寒定まれり
山下りし鳥の小ごゑに柚子湯かな
胸厚き朴と思ひぬ年の夜
かんじきの行く手に葡萄棚が泛き
稚魚の目覚めか寒靄ののぼりゆく

雪しまき椿に系譜あることも

針納め水翔つ鳥に空の冷え

鵜の礁に潮落ちあへり暮雪の忌

海苔掻くや五百羅漢の山を負ひ

なほ北へ引く鳥満ちて雪解川

引く鳥ばかり陽炎うて氷湖かな

小鳥引く水天宮の朱を怖れ

木の根明く雄鹿は群れをやや離れ

苗障子たてて麓の村静か

水ぬるみ水を離るる尾白鷲

凍蝶の翅覚むるころ桂萌ゆ

海明けや牛飼ひの村置去りに

恋猫の月夜をわたる艀板

霞む原木切口に異国の香

四五人が鳰浮くを待つ暮春かな

春潮に日の睡りゐる貯木場

韓の船沖に八十八夜かな

原生花園雲雀の巣よりこゑ洩れて

夕郭公わきて潮入る湖しづか

帆立貝干すにむせびて丹生の花

雲ほどに湿りて寧し山ざくら

千手観音雨の青鵐《あをじ》に呼ばれをり

桐の咲く炭窯合掌造かな

またたびの花の伏目に滝不動

蜂の箱木立ちを密に明易し

揚花火虹鱒は息つめるらむ

十一や湿りを放つ杉細工

梅雨めくや芦に消えたる田螺取

源流は虚空のおもひ蔓手毬

滝音に急かれ檀の実は青む

炎昼の蟬ごゑ五衰はじまれり

潮のぼる牧の川瀬も秋の風

エゾスカシユリ放牛は海霧に馴れ

クローバの上に盆くる北の国

無住寺に幟立つ日や実はまなす

鳴吹くやアッシ織る灯の惻々と

色たらぬものに藻草と糸とんぼ

北国に怨も一会や薪能

初鴨の来てゐる治水設計図

蜻蛉や鮭割く刃先まで晴れて

鮭漁の網干して草衰ふる

搾乳の灯のふくよかに雁来月

一群れの椋鳥死木あたためて

昭和六三年

藁束ね余呉の湖辺の穴まどひ

羽搏つとて木の鵜つゆけく竹生島

芭蕉塚園児のこゑも露に濡れ

冬めくや斑のある魚に串さして

熊首の祀る慣ひに雪しぐれ

シーソーの子に見慣れたる山眠り

柞《ははそ》散る墓域に隣る馬の墓

鍛治の火は母郷のにほひ冬に入る

これより若狭鐘楼に掛大根

山茶花の似合ふ小さな巴塚

短日のものみな遠く雉香炉

大年の鵜に突堤の波しぶき

落葉松にきこえて寒の川流る

寒牡丹こころ放てば鐘のこゑ

揚舟の磨かれてあり木の芽山

去る鳥に来る鳥に木の芽萌えけり

かかり凧岬裏より煙立つ

海明けや片身の貝が渚打つ

雪解風ある日馴染みのポスト消え

温床の茄子の荷がゆく雪解橋

小鳥引く草木に冷えのもどりては

あかあかと野を焼く雁の名残かな

さだまらぬ花の寒さに鴨の水尾

雪女逝くゆくかりがねのあとやさき

乳張りし山羊のこゑより夕朧

じりのふるなり海鳥は野に籠り

ゆふすげに砂の音する昆布干場

磯ひよどり沖雲の切れてはひかる

ひぐらしの鳴く音に入りて冷えにけり

鵜の胸のはやけぶりゐて盆の入り

枝を剪りしばかりの並木夜の秋

草の花陶師の瓜の濡れてこそ

貝選びをり初潮の揺れの中

瀬渡しの土間に芒のひと束ね

昭和六四年

小雪の托鉢老師しんがりに

北国や立ち木の匂ふ冬はじめ

平成元年

木枯の鯉ありありと沈めたる

残る実のほどの思ひに埴輪の眼

海鳴りとゐる人日の耳二つ

寒暮とは錫杖の音につくこころ

寒星に結はへて神籤すべて鳴る

網干木に貼りつく星も寒土用

束ねある梵天に冬過ぎしいろ

雪溶けてわかさぎのこゑ聞き洩らす

籠鳥の卵が覗く彼岸かな
帰雁かなどの畦からも火が走り
ブロンズの双眸萌ゆるもの溢れ
鷺こもりゐて安息の森おぼろ
朧夜の助産婦オホーツク海信じ
夕郭公流れ藻岸を打つとなく

波と和す余花の雨おと江差港

あをばづく桂寡黙の木となれり

北限の椿すつくと耶蘇の墓

青岬しんと備への命綱

巨松に菰巻いてある大暑かな

古文書の人の名うすれ土用東風

夕暮れを櫓音の過ぎる秋はじめ

雁渡し蜑は庇に薪を積み

鳥おどし白蝶もまた田を越ゆる

納骨を明日にひかへて十三夜

平成二年

礁村日暮れの雁の高からず

舟人に雁の羽音の澄みまさり

大学に隣る教会小鳥来る

夕黄葉弁天堂に僧のゐる

雪の来さうな落葉松と蔵があり

酒樽に梯子がかかり十二月

滝音に己れ消したる雪の川

鷹の眼に飢ゑのはじまる冬の海

御料馬のむかし寒月おぼろにて

鬼やらひ椵きつぱりと雪の中

昼虹忌たれかれも鳰日和かな

稚魚の群涅槃の雪を加へけり

帰雁かな畦にはじめの火を入れて

雪の果白魚の網洗ひをり

水踏んで影軽くなる春の雁

髪にさすものに祖母の香鳥雲に

種選び鶏舎に沼の明かりかな

霽れ間より嘎《かつ》とうぐひす南谷

逗留の翁が見ゆる花楓

散る花にこそ象潟のもやひ石

鳥ばかり空を流れて島薄暑

木が深く昼深く蝌蚪いつ消えし

廃校に鳥こだまして夏野かな

山の橋立ち止まるたび黒揚羽

山腹のけむりは茶毗か大暑来る

抱へたる生木の匂ふ星まつり

滝音に厄日過ぎたる朴の幹

とんぼうや波が洗へる写経石

秋潮の音のはなれて鷹柱

鉄の町なれど岬に鷹渡る

平成三年

山峡や丹生の枯れより水奔り

むかご炒る木がらし沖を通るころ

鑑真のころか落葉かなつかしき

生前のままの釉薬夕笹子

はればれとあり霜月の禅の石

二日はや波ひかるたび鳰のころ

灯のもとに念珠揃へる四日かな

ゆるやかに浮鴨の数ねはん雪

茫茫と暮雪忌の牡蠣すすりけり

早春や妻の供花買ふ人とゐて

稚魚に水分ちて谷の氷解く

覚めやらぬ稚魚に雪崩の遠こだま

鶺翔つや凍川ほそき音ひらき

副葬の念珠こぼれて夕ざくら

恋猫の土間ぬけてくる舟溜り

片栗や礁隠れに舟一つ

分校跡遅日の毬を蹴ってみる

海鳥の来ては代田のきのふけふ

蕾摘むりんごに沖の晴れわたり

歩行者天国わくらばといふかるさ

白き蛾の群れて昼の木昼の家

夕月の至福はつねに鹿の子の眼

ひぐらしの鳴くだけの墓谷の中

魚紋をりをり朴の実の喬く熟れ

滝音やときかけて朴一葉落つ

初雁やもやひてゐたり越の船

乱礁のいくつか見ゆる栗笑む日

平成四年

搾乳のあと標渺と鴨のこゑ

一畝の葱抜くもまた夕暮色

根雪待つどの木も凛と農学部

巨楡に寮祭のビラ根雪来る

塾の子の帰るさざめき寒すばる

山の子にはや狐火の防雪林

雪ふりつむ豹の眠りの混沌と

風花や梟の餉に肉一片

ゆりかもめ来鳴く坂町暮雪の忌

茂吉忌や少年森を醒ましゆく

稚魚放つ斑の雪に山河あり

尼の購ふコーヒーの香や雪解空

やがて引く大鷲にけふ深き空

鶫来て榛の木叢の夕永し

鶺鴒に光る水増え彼岸西風

さくら咲く岬巡回診療日

えぞ赤蛙産卵の水けぶり

山藤の懸りて那谷の窟佛

神号の帆の泛く兜雲の峰

白露・曜の会

平成五年

乱礁に日射しのみだれ笹鳴けり

木の向こう鴉のとほる二日かな

楡にまづ風の吹く街人の日ぞ

年木積む群鴎の渦軒端まで

那谷寺の鯉のことなど小夜しぐれ

下校児の算盤跳ねて雪解橋

依代の岩をはるかに鶴凍てぬ

流氷やことりとはづれ馬柵の棒

霧氷して馬の鼻梁にあかねさす

吹かれては荒磯菜を摘む二三人

灰鷹の何うかがふや春怒濤

海明けや狐の跡の戸口まで

羽たたむ荒鵜に東風の波がしら

墓域出て昼のきはみの藪椿

堅雪に園児のつどふ輪のあそび

水取りや三つ星密か応へをり

平等院流鶯いづこ次のこゑ

鈴の音や紅梅のみち泊瀬みち

巣鳥鳴きすつくと線刻磨崖佛

涅槃雪検尺の杉匂ひたつ

更衣とぶ鵜は影をはらひたり

行く春や舟かも知れぬ汐木焚き

耳門より入り勅願寺馬酔木咲く

鶯のこゑの切つ先撞木越ゆ

雛鶏に言葉をかけて菊根分

玉葱の根が泛く畑や日雷

涼風や教材の蚕が繭になる

サビタ咲く虹鱒己が影とゐて

百合の野のひかり自在に車椅子

一夏や牧師の家と隣あひ

閑古鳥砂嘴の死木を見尽くして

夏至白夜トドワラ木霊還る日ぞ

源流の余すひかりや岩つばめ

蕗茂り放牛の斑を海霧が打つ

原生花園青鷺にどこまでも渚

繡線菊の花ぞうぞうと隠れ滝

大暑かな一鳥滝と影交はし

月仰ぐ農婦に稲の穂の遅れ

ちんぐるま石室の扉に霧走り

遥か来て這松の花まくれなゐ

軒に吊る錨四五本雁渡し

時化逸れて薊の架のとぶ岬

棄て網の湿りつづけて螢草

冷凍魚捌くもたつき夕野分

磯畑に矮鶏の吹かれて秋出水

鮭遡る堰のしぶきに農二代

風吹いて鮭の背鰭の影も去る

平原の水底あかり鮭遡る

掛稲の香にも川鳴り迫りたる

キリストに釈迦に著書なし雁わたし

平成六年

ジャム澄みて奥嶺は雪を迎へたる

牛下ろす月の繊さよ嶽樺

羊群に豆堆ゆるるほどの雨

子らの往き来に黄落の不動尊

文化の日技ごと肥後の柿届く

夕暮れて踽めばひびく枯野川

塾の子が杜駈け抜ける十二月

涸滝や逆落ちざまみ歯朶みどり

馴染みなき鯉に手を伸べ根雪来る

雪もよひ罠掛くる人ふつと消ゆ

七日はや帆立貝選る荒岬

仮住みの空地距てて除夜の鐘

数へ日や午後を隣家のピアニシモ

灯台の余すひかりや浮寝鳥

動かぬ鯉に松毬の雪しづく

節分や鴨ゐる闇の浪の音

舟の錆打てば寒暮の月織し

船酔のなごりの額や寒の雷

雪をんな寺門の灯る刻待てり

さえ冴えと暮雪忌ゴメの影過ぎし

啓蟄や潮目に鴨の一屯ろ

雪解光鶴を佇たせて檻洗ふ

薄氷寄生木に筬ひびきをり

ノートルダム寺院雀枯葉にまぎれざる

羊群に冬枯れ尽くすゴヤの空

観音の端近くあれば春蚊出づ

雪解けて榛の木越しに牛の顔

鳥雲に木に触れながら登校児

海風は力をぬかず辛夷の芽

後宮の墓のクルスやさくら咲く

森からの不意の初音のひえびえと

残る鴨うつつの羽に嘴を埋め

春遅日鷲の眼の乾くまま

嫩芽出て苗木のそろふ新設校

はいはいの児の手力や土佐みづき

子規庵の暮るるにいとま柿若葉

天守閣見えゐて枇杷の袋掛け

信心の国白鷺のひかり過ぐ

船絵馬は滅びのひかり楠茂る

放哉碑忽と一花の泰山木

筒鳥や深淵に似し苔の洞

聖堂の燭しのいろの橡が咲き

河骨は雨よぶ花か子連れ鶴

病みがちの花は黄ばかり半夏雨

僧のおくつき放哉の墓涼し

鵜のとぶや潮おもりして青葡萄

鮎喰べて山と対きあふ日暮かな

みどりかげ鉄棒いまだ回れぬ子

蕎麦の花暮れ木喰の鑿の音

広島忌セロリーの茎かみしめる

落日の野を突つ切りて荻のこゑ

教会を出る子らはずむ花野かな

去ぬ燕シーソーの空展けたり

露草やサホークの仔に餌が届く

人寄せぬ仔牛の巻毛秋意充つ

火恋し雨の小止みをとぶ鴉

賑やかに夕日に潰えし煙茸

植木屋のひとり働き小鳥くる

無月かな干す魚の香が指につき

酢の瓶の向こう日暮れて山ははこ

平成七年

牧閉ぢて鷹の一樹を残しをく

浮鳥干羽潮音の乱れざる

湖を出る美美川秋も果てしかな

稲刈つて乳房を祀る川祠

掛大根双児のひとり顔を出し

小六月樫鳥のこゑ谷を抜け

どこまでも枯野仔牛に窓一つ

底みせぬ湖よりしぐれ木が騒ぎ

鴨鳴くやどつと白葉を返へす白楊

着ぶくれてよちよちの児に慕はれて

浪騰る突堤の鵜に年つまる

飾焚く荒磯の柏葉を返へす

閨秀の塚去りかたし冬ざくら

勅願の土塀剥がれて淑気満つ

寺いくつ巡る初旅京洛に

霧氷林あかときの光飼い葉まで

鵜が一羽ゐるだけの礁日脚伸ぶ

引く大鷲助走ゆらりと影をつれ

臘梅の香にややや酔ふて天井絵

籠りゐの不義理もけぢめ寒椿

鴨とんで沼光とどく苗障子

堆肥田ごとに雪炎は野を走り

さえずりや廃校仮の診療所

鵠引き欅二本が支ふ空

えびかごの網積み上げて涅槃雪

苗床に宝鐸の音の通ひけり

片栗や海すこし見て郵便夫

火の香して川洲に殖ゆる春の鴨

あたたかや片側山の外科病棟

雪間草偏壷の肌を怖れけり

水音に樹液満ちくる抱卵期

稚貝選る手もと八十八夜かな

愛鳥日干網に日のひびきをり

禁漁の沼翡翠の色とあり

鐘楼に雛僧ひとり夕ざくら

青梅雨や怨流れゆく奥高野

涼しげな柳秀次自刃の間

田を植ゑて翁生家の竈土の艶

足し苗の日暮れてゐたり伊賀城下

枇杷の黄のほつほつ熊野舟隠し

またたびの花に日を断つ那智の滝

猿蓑の草稿ことに明易し

短夜や翁の居間に竹の梁

虹鱒は影も乱さず夏至の空

昼の蟻の滝より浮び行者谷

みそぎ滝蝶来て山の日を返す

つるあぢさい石塔の空深くする

ただ暑く草擦ってゆく捕虫網

寺の子が京へのぼれり半夏雨

鷗の子に礁の揺り籠秋暑光

白秋や真下にトドの二三声

秋燕の集ひ離るや潮こだま

下校児に蜻蛉かぎりなくやさし

人の香に貝塚崩れゆく秋ぞ

平成二七年

友と見る日暮れて友の家薯水車

丸太に掛け女子学生と葉月潮

つれづれの思ひは遠く反魂草

寺の子と夕焼けこやけ秋のくれ

生き過ぎて母の甘さの栗ごはん

初しぐれ西行庵の幹太し

街並木枝揃へをり雪くるまへ
スーパームーン児童公園人恋し
ハロウィンどこか暗くて橋一つ
千木の鳥銀杏落葉の嵩殖やす
ハロウィン川瀬の音を遠くして
凍土帯靴音ひびく夢の中

遠足児石斧の軽さ手で量り

羊蹄山峰の初雪里さむし

柿の秋夜汽車で通る母の里

ミルク飲み園児の列に霧氷ちる

植物園隣り舞曲流れ雪もよひ

道の駅からまつ林黄葉して

平成二八年

根雪来る一位に雀の物語

文化の日水音のとほく誕生日

雪もよひ沼にかたむく朴一樹

病窓にかかる上枝《ほつえ》や霧氷ちる

女人高野麓はどこといぬふぐり

植物園園児の遠足鬼ごつこ

土歩く雀の殖へて夏初め

浜ゐんどう鏤いくすぢぞ鰊釜

老鶯の次なるこゑを水の上

花蘇芳夕べの勤行短めに

潮流れて摘蕾の林檎の木

貝筵エゾニュウの花オホーツク

夏至白夜魚に伏流溢れをり

磯山のみち狭めけり花ドグイ

秋たつや弥撒の階より老婦人

夏の鴨汐入り川の渦の中

黄落はげし魚梯に昼の透きとほり

牧の空一樹に一羽鷹帰る

水源池白樺に日のゆたかなり

滝裏に釣舟草の実のはぜて

ひとつある上げ下げ窓や針槐

森番にもの問ふて木天蓼の花

鮭の背鰭に脈々と夕日の川

鍬見えてことりともせぬ良夜の木

人住まぬ麓の社蕎麦の花

冬隣る白楊しろがねの葉を返す

小望月羽目板蹴るも馬らしく

山の湯や瀬音まあるく初雪す

高速道路黄葉濃くなる岳樺

風白し小楢林の高きより

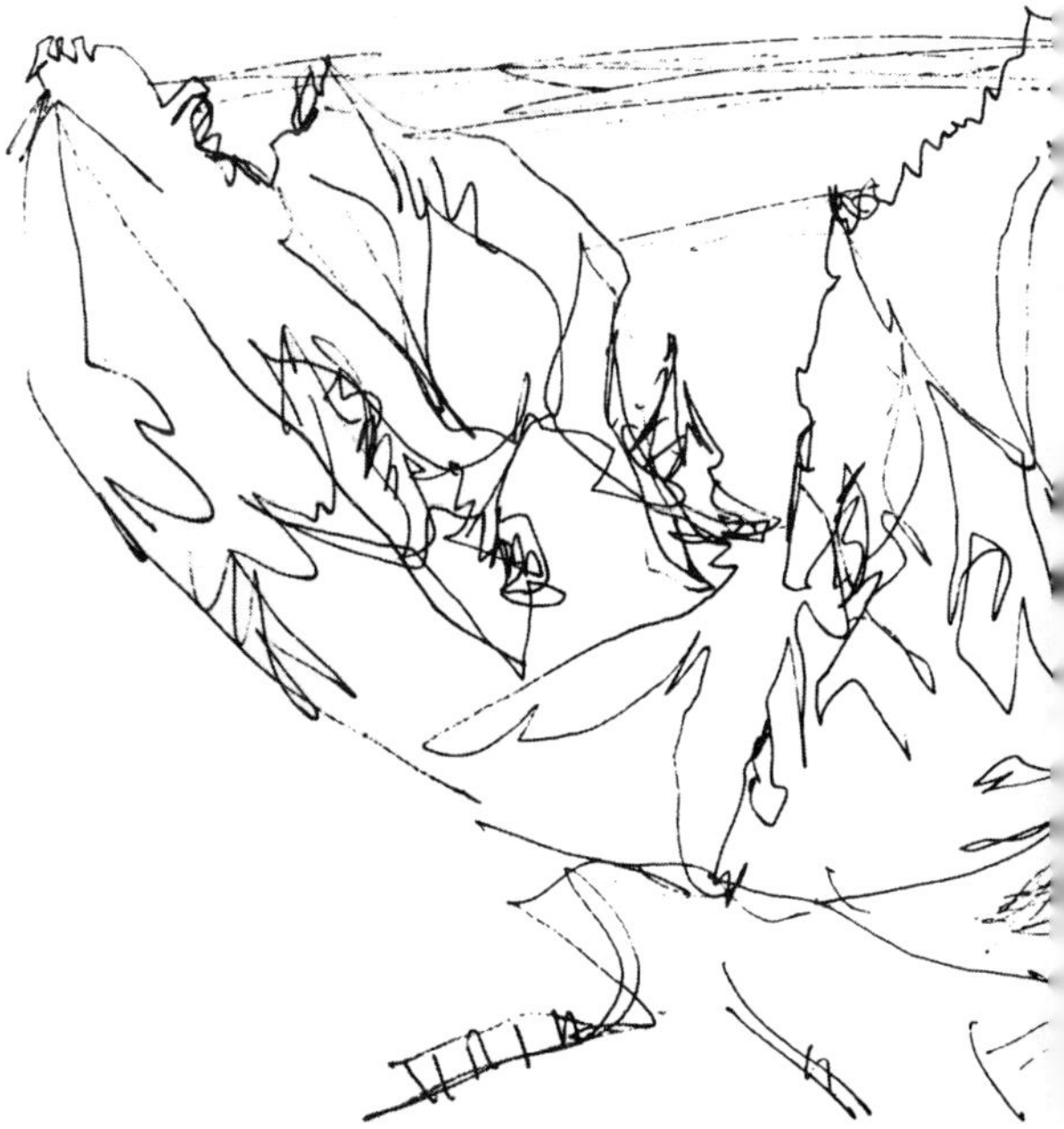

百鳥

平成七年

時雨るるや鹿棲む島の常夜灯

静かなる湖へ犬馳け猟期来る

きびす拭へば秋冷の湯殿山

新蕎麦や湯殿月山みち岐れ

振袖に鯉のかたまる寒さかな

笹鳴や作務の砂絵は水のごと

どんど火や地吹雪に馴れ柏の木

雁かへる落葉松の空ひき絞り

沫雪の欅小禽は山へ去ぬ

涅槃西風ふぢの黒荚肩に触れ

星満ちて牛の反芻流氷季

窯変に山の晴れたり蓮如の忌

木の芽山陶土やうやく艶の出て

火襷の壺にそそげば春の水

杉おぼろにて線刻の磨崖佛

やがて引く鳥に湖舟の灯をつけず

鷺の巣や降る雪雛のこゑ洩らす

巣枝啞へし青鷺のましぐらに

抱卵の青鷺高枝交しあひ

春一番雁に仮泊の沼ひとつ

雁ゆくや石に流刑の鎖あと

石楠花や経木流しの奥高野

高野口桃の青き実まだ小さし

巣燕に海蝕の洞鳴りやまず

夕永し舳の揃ふ小漁港

緑立つ沖より殖えし兎波

片濡れのおごうの墓や大夏木

黄鶺のこゑ鋭し沢の水めぐり

葉騒より雀顔出す夏至の空

緑陰の端や忘れし手漕舟
空蟬にうかつに触れし山気かな
深山蝶翳捨てきつて滝越ゆる
鳥の眼のときをり光り行者滝
校庭に仔兎の白大暑くる
西日落ち山羊と道みち話しけり

明易や田螺を冷やすす沼の口

盆過ぎて波の洗へり鵜の礁

鰊場もヨットハーバー雁渡し

渓音に漁夫の径あり鳥兜

魚籃観音花野の涯を海に入れ

燈台へひとりの跫音雁来月

鮭を待つ野と空のあり簗水車

青空へ鮭跳ねて川せばめたる

初鴨や搾乳の灯のしらしらと

平成八年

蜻蛉や睫毛の影に馬老ゆる

開拓地帚木の紅極まれり

秋しぐれ羅漢の印の寂として

雪曇り積み荷溢れてロシア船

桟橋に鳩の吹かるる冬隣

牛下ろす岬を船の灯が過り

山の日を放さぬ藁塚や太平洋

放馬らに海鳴りやまぬ枯野かな

冬支度雉鳩沼の木を選び

風花の翳ふきはらふ間歇泉

牧一樹鷹来て海の風とあり

梟の目鼻かき失せ雪降る木

青鷺の年越す湖に肩を寄せ

鵜が一羽木原を急ぐ十二月

尖塔のクルスの灯り根雪くる

どの家族にも蝦夷富士の今年かな

渓音に隠れごころや去年今年

雑煮祝ひて早立ちのスキー客

魚は深みに山の沼凍てきれず

羽化したる蝶に雪ふる昆虫館

稚魚孵る川瀬の春のゆつくりと

鬼は外白樺の雪すぐ熄みし

枝先の雀に春日園児バス

武郎の書二月の楡のもの言はず

発つ鷲の明るさに入り砕氷船

鰊来ぬままの網倉草萌ゆる

ゆるやかに海鳥を容れ森芽吹く

鰈網はづし魚島どき来たり

鳥雲にどの舟小屋も犬飼はれ

流氷や大鷲からす獲を頒ち

初つばめ湿原に水ゆきわたり

水芭蕉画布の暮色に白加へ

北限や蜜の重みの椿落つ

藩の墓所隠れクルスの椿見て

雁帰る雪嶺に暮光みたるのみ

沼の鳥みな発ち田鋤き始まれり

発つ白鳥畦焼く焔力とし

鳰潜《かづ》く礁見え八十八夜かな

一湾のおぼろ灯さぬ巡視艇

水芭蕉窪み窪みの日暮あり

リラの花遠く雪嶺の晴れにけり

夏至の日や樹影ふくらむカルデラ湖

子燕に海蝕の岩聳ちにけり

柳絮舞ふ遼河ゆたかに旧砲台

花うつぎ雲展きゐる故宮かな

浜ゑんどう乱礁とほくより匂ふ

えぞ萱草夕波色をかさねけり

つるあぢさゐ放牛いつも海霧とあり

原生花園わたすげに風さまよへる

クローバの香や少年の単語表

ストーンサークル幾秋海を見尽しぬ

環状列石潮路もゆめの秋初月

新松子古代の香と祭祀あと

岩陰の鵜にひとすぢの秋出水

吃水にハングルの文字雁渡し

草や木やさわぐ真中鮭遡る

まゆみの実穴居の森の匂ひけり

馬術部の時計は正午木染月

朝を待つ砂場のおもちや小鳥来る

マニラより船着く港夕野分

平成九年

修験者の不意に先ゆく茸かな

少女たち秋茱萸の日を揺らしけり

月今宵リフトの客となるかるさ

秋ばらの園ふかく来て乳母車

休み窯色鳥こゑをこぼしけり

遡る柳葉魚に牧の空があり

茫茫とはぐれ白鳥枯野川

猟銃音河口の汐木乾きをり

朽舟のそこより渚根雪くる

白鷺の餌とる疏水しぐれけり

鱈漁の網積んで雲払ひけり

人去りし渚火の香のつるもどき

海星踏んで港のしぐれ雪となり

年の瀬や浜の大釜湯が沸いて

雪月夜島陰に鹿睦みゐる

虫よせの菰巻く松の初景色

白鳥にほうと餌を撒く晴着の子

集団下校白鳥に吹雪きけり

公魚の網打つて村氷りけり

温情のかりそめならず返り花

葺替えの翁のいほり水奏で

鳩をたたせて雪像の真空あり

野外ステージ雪像夜の楽鳴れり

鴨二三隠れ棲むかに雪解谷

霧氷して忽と新設小学校

川風にせり出て辛夷蕾みけり

孵化槽の暗きを稚魚の育つ春

稚魚放つ水の匂ひの涅槃雪

白鳥の十歩のなぎさ氷解く

雁帰る礁の鳥居傾けて

素の空に芽吹きそろはぬ雑木山

海眩し楤の芽いまだ早けれど

保健婦に陸の孤島よすみれ咲く

錆ふかき臨港線や蝶生る

さへずりや死木に纏ふもののなし

苗木植う海の日風のゆきわたり

ブロンズの少年草矢放ちたる

ゆくほどに教会多しリラの街

新樹光乳飲み子足を跳ねたがり

鴨の子の花の筏を漕ぐもよし

岩つばめ黒岳の日は逃げやすし

ケルン積み雲呼ぶ花かちんぐるま

駒草の花の遅れに山気かな

蝶の越えゆく雪渓の果て知らず

林中に靄ただようて巣立鳥

見透しのポプラ一本大暑来る

鯉の餌に昼の過ぎたる白はちす

馴染みの木すでに切株半夏雨

ただ暑き白昼の蛾の紋淡し

四五人のなかの尼僧に百合咲けり

けさ秋の海星を潮へ返しけり

雨粒や鷗とサーファー歩みゐる

車椅子短き夏を水際まで

万緑や羽をつかひて泣かぬ蝶

草原の灯りて子供盆をどり

廃船に柞の雨となりにけり

冬支度河口の鳶のこゑちぎれ

鮭釣りの石斑魚を釣つてしまひけり

山風に川をせばめて鮭のぼる

アトリエのどれも遺品や鵙渡る

平成一〇年

ちりやまぬからまつ母を隠しけり

鳴鳴くや砂洲になごりの白波立ち

しぐるるや妻が舵取るしじみ舟

鮭颪し鷗の影を放ちけり

山中の懸巣ゆらゆら日向の木

崩れ簗大き羽音を残しけり

えぞ松は雪を誘へり峠口

畑のもの湖のもの吊り冬山家

水のはげしと寄生木の実の飛んで

峡ふかく果樹園に枯れ迫りをり

臘月や追ひ焚きの窯熾んなり

うす霜を被て陶片の小ごゑかな

落雁をかぞへて田畑ふくらめり

冬ざくら古井の蓋のうれひかな

枯木星筬おと杼音待ちゐたり

冬雲に真向き羊群歩みけり

枯葉の街ジプシーの子に見返られ

寒墓光石棺花も燭もなく

凍月夜ピザを抱へて異郷なり

海鳴りや汐木かくれに三十三才

丹頂のこゑより暁けて斑雪山

丹頂の凍靄とかかぬ塒かな

鶴の仔に枯葦色の羽残り

丹頂たち鳴くや雪洲の浮くごとし

丹頂に明日は会はむと時計捲く

教会の壁を叩けり初つばめ

フレームに花の苗札束ねあり

園児去り象にいきなり涅槃西風

草萌えて大鷲の頭に白きもの

雪解遅しと鶺鴒の磯歩き

沼を発つ帰雁の嘴に眩し

雁北に対岸の火の飛びたがり

引く鴨の昼は中洲に漂ひつ

雲雀野やミサをへし子ら馳けだしぬ

花種を蒔くややゆるりと明日逝かむ

みどり子の挙で泣けり花楓

二八四

聖母像こぶしの散るにまかせけり

さくらの夜劇は王妃の死でをはり

倒れ木に獣のけはひ水芭蕉

囀のただなかや耳冷えてをり

遠き帆や子燕のすぐ戻りくる

ヨットハーバー栄螺焼く火に風吹けり

萱草咲く銛四五本の漁支度

麦秋や聖堂あとに幼稚園

海晴れて耶蘇の村人田草取る

蔓あぢさゐ芯となる木の渇きをり

蟬の羽化朝日涼しく裏みけり

北寄貝漁りて夏とどまらず

夏うぐひす宿の魚拓に日の沈み

沼の木のてつぺんが好き小葭切

崖寄りに漁夫の坂道鳥兜

綿をもて包みし鎌秋のこゑ

昆布乾く熱あるうちを貰ひけり

膝ついて花野の風に低くあり

蜻蛉や桶ひとつ吊り馬柵の棒

鮭網をたてて日和の定まれり

日高路の風媒終へしデントコーン

この隧道馬の専用赤のまま

札所山菩提子雲を放ちけり

十日月祖母の信心推しはかり

平成一一年

凌霄花秋冷の蔓伸ばしをり

林の沼に日の射すところ猟期来る

火恋し馬柵のはづれに濤上る

夕暮れの星におくれて烏賊釣火

籾殻を焼くや日暮れの子が遊び

釣堀の普請に雪の来たりけり

大綿や赤子の足の冷えさする

薬莢の殻はまなすの枯れにけり

大枯野牛舎に白衣はひりゆく

みんな枯れつるりんどうの実の紅し

蓮の実の飛ぶやロダンの像の前

浮鴨に武蔵野の空傾けり

真冬日の影をくづさぬ孔雀かな

数へ日の鳰の細首忽と消ゆ

蒼茫と凍鶴ほどの覚悟欲し

城塞の邑枯蔦の透き間なし

礫像の地を指さして冬去らむ

雪晴れの棹歌に旅をつづけをり

焼栗を噛みて異郷の冬巷

梟のねむりまんまる雪ふれ降れ

孕馬潮の満ち干を見てゐたり

笯を伏せて川原の雪解はじまれり

鷲去りし揺れいつまでも湖岸の木

鳥雲に寄生木の毬ゆるびけり

笹小屋の乾鮭すだれ鴉越ゆ

一棹に舟の漕ぎ出て鳥ぐもり

孵化槽に稚魚の千の目あたたかし

神苑の大き竹籠すみれ咲く

春の舟鮟鱇の口生きてをり

旅三日ひと日の晴れて夕辛夷
涅槃西風海老網朱く干されけり
そとうみの雨のまま暮れ葡萄の芽
船艙の戸が開き雨のあたたかし
鯉幟しきりに海鵜とぶ日なり
桜蝦跳ねて流れ藻よるべなし

磯漁の真正面に斑雪山

乳を飲む仔馬よ御料牧の跡

潮きこゆ仔馬に空の広くあり

稚貝選る岬のさくら過ぎにけり

子にはよく見える川蜷さくら咲く

蛇出でてまづ学童に囲まるる

乳離れの仔馬は浪に励まされ

万緑や仔牛の耳輪ひびくなり

雨去りし野に鈴蘭の相触れず

草のぼるでで虫に海見えるなり

羽を痛めし白鳥に河骨咲く

雨の日の木橋危ふし蝸牛

萱草の黄よ若者のすぐ発てり

大夏野丹頂雨に打たるべし

一本の葦にそよげり死螢

暮れそむる蜑の戸毎のじやがの花

秋茄子や午睡のやうな潮流れ

ひと夏の雨の過ぎたる海おもて

初秋刀魚祖父の面舵現はるる

雲灼けて兎とキャベツ頒ちけり

吹き降りの木に寄る馬も八月よ

噴煙を真上に早稲の刈られをり

秋すでに葦毛の馬を梳きやらむ

青鷺の百日飛んで水の秋

懸巣鳴き吊橋の水細りけり

豊の秋子供力士も四股を踏み

平成一二年

小豆打つ奥嶺に雪の鮮しく

家鴨は眠し蓮の実が飛びにけり

雪もよひ酪農校に卵購ふ

草は実に今日乗る馬に見られをり

馬場めぐる乙女の跑歩黄葉散る

冬用意飛び去る鷺の二三声

祖母の世の塗椀洗ふ十三夜

夕星をいただき柳葉魚遡り

船着くや柳葉魚の籠に蝦跳ねて

糶へ出す柳葉魚に潮を浴びせけり

茫々と枯野泊船あるごとし

花八つ手老人弓を磨きをり

鱈船の少年網を手繰りけり

高見順墓前のノート銀杏散る

冬ざくら汲まぬ井水となりにけり

返り咲く萩に矢倉の佛たち

尼寺の枯れたる蜘蛛に朱き縞

橇曳く子雑木の山を目指しけり

湧水に鴨の出はいり雪庇

舟人に昼餉を告ぐるちゃんちゃんこ

地吹雪やオレンヂの日は木に懸り

大寒や居間に鸚哥の寝落ちたり

水際に忘れし罠や雪月夜

福は内調子出ぬうち終りけり

搾乳の灯や流氷の接岸す

眉上げて帰雁のこゑに打たれけり

雁ゆくや盆地が抱く沼ふたつ

裏口にうぶ声のごと蕗のたう

港通り紅殻塗のあたたかし

松毬に氷のしづく雛用意

山火いま黒焦げの笹舞ひにけり

出航の校旗八十八夜かな

甃踏みて異教徒藤咲けり

受診待つ修道女隣りに暮春かな
瀬をころげ子鴨ら親に追ひつけり
墓三つ据ゑたる屋敷田植どき
燕来て畝立ててある磯畑
沖晴れて孕みし馬のおもまぶた
曳かれゆく仔牛にさくら曇るなり

桜まつり面売りの留守覗きけり

水のにほひに菩提樹の咲きにけり

川上に人棲む藁屋河鹿鳴く

睡蓮や暮光に浮ぶ塔ひとつ

月の暈河鹿のこゑを殖やしけり

あひわかれ螢火草に沈みけり

ためらはず中也の墓に草矢打つ

海鳥の通ひ路ありて田植かな

老鶯の峠もなかなかば殉教地

爪ほどの柿の青実や其中庵

白南風や棚田つづきに萩城下

馬の仔に名があり海の風吹けり

コタン過ぎ岩魚の川と知られけり

石州は楮吊り山滴れり

亀潜く水泡卯の花腐しかな

二人旅ひとりは帰る河鹿宿

夏夕べ猫の出歩く武家長屋

滝風に乗り病葉の下りてこぬ

父と子のカヌーは迅く藻の咲けり

蜂飼ひに蕎麦咲く村の白みをり

風光の浮巣見んとて木を摑み

美美貝塚残暑の魚の骨白し

栗は実に鍛冶の火絶えて久しけり

走り穂や荒磯の空は透明に

投函の音たしかむる新松子

秋日傘去りたる砂丘荒れにけり

渡舟跡尾花船霊吹かれをり

根刮ぎの一木流れ葉月汐

平成一三年

重陽のアートホールに琵琶聴かな

筬音に布目緊りぬ雁の頃

禅寺柿皮ごと齧り水辺なり

犬吠の露をまともに女郎蜘蛛

初潮や漬えゆく船に木のぬくみ

ノートルダム寺院ミサの端に悴めり

秋過ぎるナポリの海よ誕生日

から松散るかつと夕日に火の匂ひ
焙らるる柳葉魚の目玉雪降り来
とろ箱に鶏頭咲かせ浦しづか
鳥一羽欅一樹や冬ぬくし
枯蓮に素の空のありゆらぐなり
泊船のあはひに鴎の浮くを待つ

れもん匂ふ皿しろじろと寒波来る

抽斗に母の半えり冬すみれ

一書小脇に夕凍みのプラタナス

雪駆けゆく孕む羊の一列に

影絵めくトドワラ流氷接岸す

猟銃音干潟の波を砕きけり

とめどなく降る雪稚魚のしづまらず
凍鶴のまぶたあからむ野は遥か
首のぞく駱駝に小屋の氷柱かな
茂吉忌の端山は春の容せり
冬尽きて標本の蝶ながらふや
寒土用きのふ孵りしひよこ鳴く

あの木まで標の歩の定まらず
ブロンズの臍すこやかに雪解光
斑雪凍つ少年の像潔癖に
引くときの雁に灯りて百姓家
引鳥や葡萄のつるに修羅見えて
あざらしの戯むる礁風青し

花種蒔く潮騒に縄めぐらせり

こゑの遠のく白昼の水芭蕉

蝌蚪の国中学生の話し込む

かへりくる木魂もひとつ雪割草

翡翠の枝たわたわと抱卵期

はじめての海に泣く子の夏帽子

塔頭に鯰の画があり夕永し

散るこぶし踏みゆく白さありにけり

朴の木は冷えをはなさず更衣

きりぎしの日に子燕の自在あり

幼子に父の胸あり風五月

新樹すがしく赤げらの捨てし洞

最澄の筆勢に山滴れり

老鶯や実在の朴の身丈ほど

玫瑰や馬は動悸をしづめをり

赤人の浦に舫ひて白魚舟

夕潮の紺を見つめて茄子の花

蛇いちご滝のしぶきに濡れとほす

林檎摘果己が木の根に落ちあへり

山姥になりたき石や竹落葉

馬番の少女のバケツ大暑くる

蕎麦畑冷夏の風は地に低し

草ロールかしぎ冷夏の月朱し

送り盆白帆の光りつつ暗し

微風かな母のゐそうな瓜畑

夏の記憶に燭台のあるピアノ

稲ぼつち日本海を足もとに

簗跳んで鮭は己を信じをり

よき出合ひありて渚の穴まどひ

待宵の月や真下の烏賊釣り火

少年の撥の乱調秋澄めり

平成一四年

山容れて刈田に水の溜りをり

唐辛子家訓のごとく連なれり

会釈のみ交はす関跡つくつくし

おのづから芒隠れや殺生石

五歳児の数へてをりぬ稲ぼつち

ボート伏せから松散るにまかせをり

馬魂碑の三基かたむく根雪かな

掛大根沼は日ごとに鳥殖やす

色鳥や礼拝堂にベビーカー

柿むくや母の齢にあと二年

芋の露山影すぐに迫りけり

寺の子の寺へ嫁ぎぬ石蕗の花

凩の寄生木の空残りたる

降る雪とあり梟は木の姿

芦ノ湖の芦と吹かるる十二月

絶版の本の重みに日脚のぶ

楡の木にゆるみは見えず大試験

揚船に吃水のあと結氷期

磯舟の貼りつく岬冬北斗

尼の裏戸に凍滝の音はあり

網倉の昼を氷柱の太りけり

岬村柏は冬を鳴り通す

鳰潜くいくりに寒の明くるべし

雪靴や左右に吾の影法師

染糸のしづく透きゆく雪解かな

釣り具屋の引戸一枚山笑ふ

養生の木にさへづりの高まりぬ

啓蟄やあはれ熱もつ電子辞書

寝墓並び海へかたむく斑雪山

恐竜の肋の下に春惜しむ

石投げて鰊ぐもりの沖のあり

こぶし咲くサイロ境に漁師町

耕人に街抜けし川合流す

あたたかや馬場調教の鞭長し

春夕べ百度参りの顔平ら
青空につながる大地こぶし咲く
手を振って陽炎となる三輪車
幼子と家鴨仲よく李咲く
麒麟の首に遠足の列乱れ
飛花落花二瘤駱駝梳きやらむ

突堤に雑魚釣る家族雲の峰

老鶯のこゑに海境くもるなり

真つ先に蛇と野川を走りけり

硼酸で洗ふ馬の目明易し

ざざ降りの揚羽湖岸を伝ふかな

薔薇の香や雲の往き交ふ画布の上

草の秀に鳴きやまぬ鳥大暑くる

吹奏楽復習ふ少女等水木咲く

滴りや鳥獣戯画の動きだす

ぼろ布の地べたに灼けて皿小鉢

老鶯に呼ばれどほしや三角点

万緑や標高千に童子立つ

草藤の咲きつぐ雲の観測所

ほうたるや母は戸口に待ちつづけ

大夏野捨てある磁石北を指し

蕎麦刈るや夕日ちらばる麓村

小鳥来る沼にもつとも近き村

打ちそこねたる秋の蚊に憑かれけり

秋燕や少年の像背伸びして

釣船草はじけて沼の応へけり

平成一五年

北国のロケ地に風車雪ぼたる

籾殻焼くけむりの低し堰の音

日照雨して祭のごとく菜屑畑

雪待つやうに柔道着干し連ね

豆引くや火山の端に夕日去る

椴の秀の墨絵暈しに初日かな

餅花を吊し受験の子が二人

ひとすぢの川音を入れ雑煮椀

雪くるか羽を飛白に子白鳥

霜月や母の遺品に祖父の太刀

絵一枚運河に翳し行く秋ぞ

空見尽して鶏頭の消えにけり

白鳥のこゑが背を押す木橋かな

掛大根海鳥橋を目指しけり

榛の木に雪くる気配禁猟区

水門の鋼に月日ゆりかもめ

悲しみのしぐれは雪に真紀逝けり

いちゐとは雀のねぐら雪降れり

煮凝や細き柱の家に住み

手焙り置く径より入る寒牡丹

首塚や葱の畝へとみちびかれ

鳥を追ふ媼のあそび梅蕾む

除雪車の闇ひしひしと目覚めをり

流木のちらばる砂丘猟名残

氷像の一鱗欠けて二月

鳥追ひの媼に梅の蕾みけり

鳥雲にわづらふ指を匿しけり

料峭やポプラの瘤のよそよそし
面影や生絹の冷えを水芭蕉
剪定の枝降り谷の覚めやらず
栴檀の花散る濠の半世紀
浜木綿や波音のみの砦跡
あたたかや追風に乗る帆がひとつ

古草に羽吹かれをり湖光かな

古代米炊くと四月の雪の降る

春の列車小学校の師に会へり

熨斗紙に折目節目や雁帰る

長生きの矮鶏の当番キャベツ抱く

測量図川原にひろげ初ひばり

一対の鴨を地上に聖母月

空にさへづる開墾の木の鳥居

演能の巻を遺品にリラ寒し

神棚を祀る農小屋明易し

山清水引きたる池の鱒育つ

清水掬びて明日征くと告げられし

空揺れて青鷺の雛生まれけり

万緑や兎の小屋に南京錠

山虻にささやかれゐて藤の昼

藤波に蜜蜂狂ひはじめけり

一対の鴨を地上に聖母月

雲丹啜り胸突の岬越えゆかん

玫瑰や地層は熱き砂こぼす

崖下る足の危うき黒揚羽

ゐんどうの莢ゆれやすし生家跡

萱草咲き灯台普請すすみをり

今朝の秋蝮の墣のくもりをり

杉玉に夏ゆく光り蔵の口

干す衣に湿りの残り遠花火

水晶の文鎮かげるちろろの夜

大榆の夜気首すぢにビヤガーデン

あら何ともなやと菌の届けられ

ダムの上懸巣大きく羽つかひ

秋高しヨット部声を鍛へをり

待宵や壺の一枝に山のこゑ

海猫去るや岬巡りの操舵室

木槿垣勢ひつけて三輪車

膝折りてこれが武蔵野龍の玉

平成一六年

一山を札所に草の紅葉かな

北限の蓮小さき実の飛べり

石蹴りのまるに三角冬隣

蛇笏忌や奥領に雪の鮮らしく

枝川に魚の跳ねたり畑仕舞

種倉は校倉造り鳥渡る

檻の鶴片隅に水凍りけり

冬麗の雀きままに水禽舎

椋鳥の一木に群れ冬がまへ

初氷鶏舎の窓も日ぐれにて

山眠り葡萄若木の畝正し

鱒池に水細く引き魎罠

襖絵に桃山の世の褪せずあり

草や木の名の書かれあり園小春

画架立てて運河の燦と聖夜かな

早梅の喜色に川の奔りけり

ひっそりと子規の筆硯日脚のぶ

にほどりの影消すあそび吹雪く湾

繭玉を飾りフックスプラハより

注連とて崖の稲荷にかもめ舞ふ

ガラス炉の火屑こぼるる雪の街

びーどろは雪の斑入りよ春近し

ガラス工房氷海のごと人動く

湯気にほふ飼葉やバレンタインデー

橇の子の笑顔はじけて雑木山

ひとつ家の本日休診草萌ゆる

陽にぬくみなく朧梅に匂ひなく

落椿他郷の土に還りけり

シーソーの子に春の雲定まらず

搾乳の灯よりも高く流氷来

林中のどこより暮るる浮巣かな

馬の仔や雲放埒に岬越ゆ

川風は寒さをとかず辛夷かな

みどり亀洗ひ尽して卒業す

湖やえぞ鹿の斑の明易し

海風のとどき林檎の摘花かな

腹這ひによき木橋なり蜷の道

辛夷咲く山かたはらに高架駅

老梅や雨に愁眉をひらきたり

おのづから漁夫の通ひ路山ざくら

田植どき雄冬岬を横向きに

藤散るや庭師忍びの色を着て

鉄棒のひとりが残り松の花

一点の滞空時間夏ひばり

堤防の一と日郭公鳴き通す

七月や這松は実を急ぎをり

梟の巣立ちて十日出会ひけり

川下に知り人の家夜鷹鳴く

鹿の子にも夏至の湖ひろくなる

母と搗く一臼の餅土用かな

窓掛けに藤の青莢よそよそし

朝影の網戸に蜘蛛の怠けをり

小葭切一本の葦信じをり

しもつけの香にまたたけば水旱し

童女にも五時の門限秋夕焼

出漁の米運びをり雁渡し

迂回路を不意のえぞ鹿秋出水

薪に切る葡萄の古木つくつくし

この沼の魚釣り禁止秋うらら

日の暮れの騒立つ蕎麦を刈りにけり

平成一七年

ヴァイオリン聴かなと急ぎ雪ぼたる

短篇のうすきを愛す十三夜

試験圃の夕日をちらし稲雀

枯岬ロープ一本潮に垂れ

塾の子がゆく底紅の夕明り

一山の落葉掃きをり箕が一つ

白揚は銀の葉鳴らし猟期来る

荒寥と大鷲を待つ湖畔の木

木道の長きみづうみ冬来る

白鳥のつばさ癒えよとささらなみ

門前にあり忘年の桂の木

柚子風呂や十指のうちの二指病めり

灌木のまばらに雁の中継地

大寒小寒猿山の子が殖えて

凩や標本の蝶浮き上り

霧氷散り一本の川村貫く

凍りきる滝に鼓動のごとくあり

黒牛の脚より暮れて氷る海

三寒の四音の岬鵜の越ゆる
漁終へし漁夫の昼酒軒つらら
やうやくに雪庇ゆるびて鴨の水
春を吹雪きて校塔の月稚し
身辺の古書より整理鳥雲に
深雪晴孕み羊の一列に

朧夜の書肆に占ひコーナーかな

あたたかや山湖にかもめ遠出して

石鹸玉とんで隣家の兄いもと

明易し家鴨は鯉の餌をもらひ

みじろがぬ鷺の汀のうららかに

郭公の鳴く木さだまり河口港

春すでにヨットに結ぶ網多し

あたたかや沖止めの船三日ほど

こぶし咲く空清潔に島住ひ

船台に梯子の掛かり日永かな

道庁に葦毛の騎馬や風光る

貝干して九夏もなかばオホーツク

芽立ちゆるりと風害のポプラ立つ

試験圃の畦をきままに雀の子

実習生植田の水を測りをり

リラ咲くや昼の鶏鳴く農学部

煙突に小椋鳥の巣立ち僻地校

当番の三年二組夏蚕飼ふ

更衣鵜はせつせつと遡る

蝦蛄漁の昼は風吹く提長し

かもめ鳴き林檎の摘花うながせり

馬銜吊つて乗馬教室蟬涼し

スケッチに睡蓮の照りつよくなり

太陽に怒る首のべ羽抜鶏

杏子煮て玻璃戸の雨気を払ひけり

夕顔や奥の灯りて漁夫の家

貝殻の道は岬へ帰燕かな

ゆく夏の礁すみわけ鵜とかもめ

木の神を岬に祀り新松子

木の影が沼よりうかび水馬

森番の二言三言秋立ちぬ
黄葉して馬場の二三騎の土ぼこり
野分あと花のやうなる鯉浮ぶ
仮橋は板一枚や蓮は実に
秋冷の水の落ち口鯉太る

平成一八年

わが影につまづく秋のみづすまし
涸沼の底のあたりを歩きけり
白鳥に戸障子へだて眠りけり
波音は挽歌なりしか一葉落つ
山粧ふ竹生島より最終船
灯台につらなる星座牧閉す

から松散るここが故郷火山灰地帯

閨秀の若書きの稿雁渡る

対岸の青鷺冬を越すつもり

梟は枯木の形に札所山

薫物をして呉服部の十二月

ひと間だけ障子ある部屋年暮るる

ゆれやすき浮灯台や年忘れ

電線に鳥のよきこゑ霧氷散る

水中の蹼朱く寒波来る

山を鎮めて左義長の火入れかな

どんど焚く炎に鴉高く飛び

幻住庵はやも手桶の氷りけり

雪催ふ真紀の忌過ぎて下京や

顔見世や幟に急かされ橋渡る

標の行く手やブロンズ像の数

雪原や少年像の遠まなざし

一鳥も見ず雪折れの音の中

一椀のものものを炊ぎて冬ごもり

黍餅にコタンの匂ひ小正月

反芻の麒麟のあぎと暖かし

虎の餌に一塊の肉冴返る

凍鶴の魔法の解けて歩きけり

鵜のとんで雪しろ潮に響くころ

挿木して父の切出しナイフかな

連れ鳴きの鴉ポプラのひこばゆる

初ひばり大学裏の牧草地

町角や母の馴染みの苗売女

鴨二三追ひつ追はれつ氷解く

弓道の部員募集や緑立つ

さへづりや旧砲台は海に向き

明日帰る鴨の百ほど旧河川

紅梅や童女と言葉交しつつ

保健師に陸の孤島よすみれ咲く

さくらの夜淡き会釈の遺作展

はまなすの刺ひかりては海猫巣立つ

早出しの貝選る一家卯月波

きりぎしの海霧より白き巣立鳥

風の日の燭台のごと栃咲けり

少年の石抛る川萱草咲く

神苑に杉の暗がり黄揚羽

白砂ゆく彌宜の沓音夏越舟

老人の席は縁石夏祓

ゆすらうめ故郷の村素通りす

海側の席をゆづられ夏がすみ

泳ぎ子の水あがるとき藻をつかみ

風入れや室町の香の能装束

能舞台より涼風か衣ずれか

出漁のえびかご朱き暑さかな

日の盛り魚箱打つ音礁越ゆ
オホーツクの秋をつづれり珊瑚草
すれちがふ湖畔の鹿も野分あと
新松子石工が墓を測りをり
石ころの多き岬みち燕去る
蛍火のちりぢり森に深入りす

平成一九年

羊群の日向日向へゐのこづち

日にさとき晩稲の実り研究田

大刈田はぐれ雀が肩を越す

鹿除けの網に摩周湖遠くせり

さはさはと湖畔に牝鹿影のこす

牧小屋の犬よく吠えて木の実降る

黄落や辞儀して過ぎぬ騎馬のひと

取入れの市民農園黄菊咲き

通院の足をのばして雪ぼたる

メトロ出てけふ時雨忌や暈の月

箍締むる桶屋の灯る十二月

数へ日の猫来て坐る舟溜り

炭窯に樺の切口ならぶ冬

雁鳴くや蚕屋に明治の絹秤

一報は同齢の死や枯野星

寄生木の吹かるるとなき女正月

治癒なかば良いお年をと主治医かな

風致地区の隣に住まひ寒北斗

日脚のぶ書込み多き祖父の本

鴨撃ちに空とつながる干潟波

鬼やらひ樹下に灯影のときどきけり

雪像の未完を削り星殖やす

街角の電光ニュース雪しぐれ

低空は大鷲のこゑ氷解く
流氷群濤の形にとどまれり
葦牙の水踏んで空どこまでも
剪定の切口に香のはしりけり
兎のひも幼子が曳き暮春かな
からまつの夕日いびつに雪解風

保育士のポケットいくつ鳥雲に

畦焼くや中洲は鴨の集合地

雁ゆきて田の真ん中に鍬と立つ

鷗の子都会を海と信じをり

女人堂框の冷えも桜まえ

花舗の灯に潮のしめりや啄木忌

老人に豹の一瞥緑さす

ひと日そぞろに花に逢ひ豹に遇ひ

はなちるや生まれて二日矮鶏の雛

板橋のこれより札所さくらかな

とぶ鷺の影も落とさず荒鋤田

真昼くらみて白藤の散る音か

切株に昨日の湿り桐咲けり

散松葉仏足石の埋もれて

わが街や楡の緑蔭あればこそ

海と山のあはひを電車谷卯木

夏祓ひ木に輪唱の雀たち

うばゆりの咲くや北方民族史

一対の木幣夏炉にえぞの裔

青空に呼ばれしやうに花藻かな

海猫巣立つ島に一つの給水塔

山中の垂直が好きつるあぢさゐ

砂浴びる雀見てゐる暑さかな

浜鴨の十ほど数へ干潟波

灯台は爪先上り大花野
芥子咲かせ物音のなき山家かな
帆船のよぎる高さよ南瓜畑
秋燕やヨットッ溜りの靴とバケツ
岬みち野葡萄と時過しけり
野晒しの網のほつれも雁のころ

滝落ちて秋蝶影を失へり

平成二〇年

蛇笏忌の藤の莢実の鳴りにけり

鱚釣りの少年の背や富士立てり

羽衣の松に一礼秋うらら

露草の露とも思ふ駿河湾

小鳥来る用済みの櫂ひかるとき
とんぼうや艫網投げて一人下り
浮寝鳥舟溜りより呼ばれをり
憩ふよき流木のあり猟期来る
うた詠みの汐木くゆらせ行く秋ぞ
語り部とならむ谷地だも冬が来る

大きな鳥堰にとどまる枯野かな

侘助の咲けば波郷の在るごとし

しぐるる夜鳥獣戯画の写しかな

生誕の仔牛に冬日の小屋ひとつ

忘年や風のをさまる楡の月

輪飾や湯気立ててゐる飼葉桶

こころゆくまで敗荷と在り旅鞄

凡庸に生きて冬至の山の空

凍滝のなほ淙淙と応へをり

冬欅鳥のこゑ入れ雲を容れ

厩出しポプラの上枝空に染み

雪解風川瀬に鴨の着水す

一群の花鶏二月の木がはづみ

丹頂に遇ふべく旅の口漱ぐ

梟の瞑想冥の雪が降る

海蝕の崖ばかり立ち初つばめ

磯山に腹這ふかもめ暖かし

夕永し鶏舎に陶の卵かな

放流の稚魚に日が射し雪解谷

蓮如忌や荒磯づたひに一軒家

中腹に暮しのけむり辛夷咲く

名草の芽雀の目鼻吹かれをり

藁色の浮巣のはげむ森の中

いつときは雄鴨ばかりや真菰の芽

花筏外濠の風おのづから

ひよどりや紅梅の芯甘からん

葱の苗一畝そよぎ他所の軒

散るさくら鶺鴒風を残しけり

梨咲くと仔牛の育つ酪農校

黄水仙垣低く結ひ庭師住む

六月や白波あげて加賀の国

那谷寺の蜥蜴に会ふも縁かな

草みちのよく刈られある帰省かな

雲の峰シーソーの子の指強し

レモン搾る皿のみ白く夏夕べ

カヤックの紐の不思議や夏岬

塗師屋の簷《のき》の暗がり夏つばめ
戸板一枚さくらんぼ商へり
雪渓やむかし軍都といふ街に
夏のをはり捨ひ読みして海のうた
浮葉から浮葉へとんで雀の子
街並木小さき白蛾の大挙して

空蟬や幹のしめりの昨日けふ

盆の月鶏舎の羽音しづまれり

流燈の寄り添ひやがて別れけり

麓まで夕日のとどき秋耕す

山の迫りて刈り頃の大豆畑

新月やじやがいも水車ひびくころ

滝風のひかりいくすぢ鳥兜

山の子のバス通学や鰯雲

平成二一年

鶸鳴くや落葉松林ふくらめり

筵戸の屯田兵舎小鳥来る

秋風や出土にまざる鮭の骨

菜畑に母見し夢や冬隣る

ペン措いて目薬しみる十三夜

狼の遠吠え縷縷と冬が来る

看病とは綿虫胸で押してゆき

冬ざれや星に行方を聞くごとし

灯台の日の暮れはやめ雁渡し

雁のころ池糖は光り返しけり

枯野来て不意の白波噴火湾

火の山の煙のすゑや畑仕舞

掛大根まだ濡れてゐる磯屋かな

白樺にまじる柏や春北風

大鷲の小声に沼の氷解く

神杉のなかの柏やどんど焼き

灰鷹とぶ雪原の川追ひつめて

霰打つ仔牛の小屋に明かり窓

あはうみのこたびもしぐれ芭蕉の墓

ひとり旅ふはりと雪の大文字

春の雪白鷺の白降り残し

除雪の山ランドセル跳ね橇すべり

初鰊さばく鱗の飛びやすし

鰊焼く光陰とほき塩の白

黄水仙甘味処をさがしをり

岨畑の花菜濃きかな相模湾

紅梅の枝のさきざき海平ら

ループル展出でて微風の沈丁花

鰊焼くガスの火回想とほきかな

つばくらめよく飛び箱根関所跡

蜷の道画板の大きすぎたる子

わがこゝろを水に沈めて水芭蕉

雨を呼ぶかえぞ赤蛙産卵す

泳ぐにはとぼしき流れ残る鴨

流れ藻の花にはとほき塩谷浜

地をとんで子雀に日の限りなし

筆立てに絵筆の二本明易し

リラの香に刻忘れをり冷えてをり

ぶらんこは父の手すさび杏咲く

先頭は六歳の女児蜥蜴照る

貸舟に今朝の雨ある芒種かな

鴨の子の午睡はふかくリラの風

川幅にポプラの並木緑雨かな

橡咲くや遠州作の躙り口

はづしある茶室の障子走り梅雨

棕櫚縄のほどけてゐたり半夏生

白南風や欅は樹齢けぶらせて

子らのこゑとどくところに桑熟るる

増まれて海星の乾く舟溜り

寄生虫の鋏の先に陽が一つ

海胆舟や朝の樹影を放さずに

夏椿ひと日大事に老いゆくか

夏芙蓉は遠い灯の色摘みにけり

夕菅や雀あつまる飼葉桶

塾の戸に衿を正す子ダリア咲く

厩に馬宵待草の咲きにけり

せつせつと砂場の灼けて子がひとり

タンカーの母港よえぞの透し百合

クラークの牛舎の柾目雁渡る

葡萄熟れゆく一帆の沖にあり

平成二三年

海そこに糸瓜の太る駅舎かな

秋彼岸海辺の町の湾曲す

林檎もぐ噴煙かぎりなく空へ
いくたびの秋やポプラの楽器となる
教会は馬柵のつづきにちろろ鳴く
初猟の干潟に波をたたせけり
集落のことに黄葉の休み窯
紅葉ちる瀬音に魚梯荒びけり

一つ家に使はぬ茶室荻の風

かりがねや浜に木切れと捨て草履

海鳴りのとどく一樹や牧閉す

浮寝鳥一浪ごとに磯に寄り

干し菜吊り蜂の来てゐる日向かな

冬館秤りの女神掲げあり

鋭角の街よエルムは裸木に
寒禽の影の過れり干木の空
目覚めよき馬の睫毛よ霧氷ちる
開拓の熊手の均すどんどかな
左義長や終ひの炎は雪を這ふ
ブロンズに水の動かぬ寒さかな

浜行きの車窓にはかに鰊群来

土間びしよ濡れに平成の鰊群来

糶を待つ鰊のあぎと生きてをり

鰊網外すや漁婦のゴム合羽

うつはりの造り酒屋に雛かな

一湾の鴨遠くおき雨水かな

涅槃図の大いなる刻過しをり

葺替へし萱の厚みや西行庵

春落葉作務僧が過ぎ風が過ぎ

一息に跳べさうな川蕗のたう

猫柳野外彫刻まだ覚めず

ブロンズの少年春禽を放ちけり

草の芽や機織る音の山に消ゆ
薄墨ざくら鳥影もまた薄墨に
エジプト展臓器の壺も朧にて
刳舟の木幣吹かるる沼五月
ムックリの乙女眉濃し山ざくら
隣国の人とコタンの夏炉かな

リラ咲くや搾乳管に明治あり

コーンバーンに鋤鍬光り五月来ぬ

農場を過ぐる鶯鶯緑雨来る

牛小屋のモザイク模様風青し

あめんぼう雨の水泡を殖やしけり

襖絵に蕪村の鴉夕永し

セルを着て約束のなき日なりけり

駅ごとに植田四五枚湖西線

父祖よりの鮎漁りて湖国かな

旅二日きのふ堅田に梅雨の月

ラガーたち下りたる駅の植田かな

足し苗の晴れて大和の棚田かな

沼の藻に櫂をとらるる大暑かな

電線に磯鵯の来る一軒家

綿萱の夜を沈めて池塘かな

嶺一つ二つの滝の相寄らず

幼子と本を選びて夜の秋

黄落やチャペルの扉坂なりに

雁渡し山畑に人動きゐる

露けしや馬柵のはづれに馬のかほ

毬栗に晴れて厩舎の掛時計

花畑戸毎に蜑の昼探し

平成二三年

新涼のボール蹴る子や聖廃墟

沖つ風吹けば知覧の曼珠沙華

鶏頭を見てゐて鉄の扉かな

豆莚海人の小家に風吹いて

干潟より草薙ぐ風や猟期くる

岩が根の秋や入日の蕪村の墓

山里に葉茶をあきなふ秋の人

門のみのザビエル像や秋のころ

新藁や梯子の掛かる馬屋の梁

下校児のやがて一人に沢胡桃

五位鷺のころの露けき夕空あり

鳰潜く礁の裏に夕日さす

臘梅や比叡の僧と道づれに

薬莢をひろふ入江の寒さかな
稲刈ってポプラの日暮れ早めけり
太箸や渓流いまも真向ひに
冬たんぽぽ余生の馬に矜恃あり
雪月夜くすりも遺品飲みにけり
川底の石るいるいと深雪晴れ

冬銀河ドクターヘリに人さらはれ

稚魚放つ雪解の岸をひろげては

雪玉を投げて下校児雨水かな

網干して風のふくらむ多喜二の忌

はまなすの棘の殖えゆく雪解かな

離用意浪音蔵のうしろより

春の鳶楡の木立ちと影交はし
すずめ来てひよどりの来て森芽吹く
ものの芽や音楽堂に石据ゑて
浮鳥の残るも引くも雪解川
彼岸西風食虫植物口ひらく
雀らに春は木立の奥処より

保育児の列はじぐざぐ緑立つ

木の芽垣母の目線に子が歩き

農継がず莢豌豆を蒔きにけり

一寺なく聖堂二つ花菜村

震災地渡りて来しや海猫のこゑ

巣立鳥水平線の果て知らず

養生の楡はくろがね立夏かな

桜の芽固しと馬をつなぎけり

単燕のこゑ息災に岬かな

サーファーや鷗はいつも風に向き

豆蒔くや沖にヨットの光る日は

青葉して羊を囲む授業かな

陽まみれの一番草刈る酪農生

魚市場茄子の苗売り来てゐたり

グーズベリー食めば山河のひろがりぬ

岬まで馬の背越えや萱草咲く

道庁の池を生地に子鴨かな

鵯啼き菩提樹の花たかぶらず

花の殻摘むも授業に菖蒲咲く

歩くほど空のつながる菖蒲原

風を測りて少年の菖蒲守

咲き満ちて菖蒲は風に溺れけり

菖蒲園粉れまぎれず蝶一つ

えぞ蟬のこゑを愛しみて水位標

平成二五年

七種やはるか連峰旭岳

寒の入り神居古潭のさざなみす

初旅行供の小犬のきげんかな

鴨の群れ流れせばめて初氷

タクトより黒人霊歌雪が降る

搾乳の灯を近づけて流氷来
鞍置いて馬の睫毛の霧氷ちる
多喜二忌の磯舟沖へ出てゆけり
湖光とほくに凍蝶の身じろげり
風花や等伯父子の障壁画
淡墨桜この世のいろに根尾の谷

薄ら日の哲学の道春の水

落椿疎水の昼を透きとほる

春陰や縄文土器の漆の朱

下校児に谷地の水ふえ蝌蚪の殖え

春すでに柿葺落に参じけり

柿葺落しゆくしゆく四月大歌舞伎

春宵一献銀座の歩幅さだまらず
蜷の道土橋に子らの腹這へり
万愚節なすこと多く老いにけり
夏に入る黛ほどの雪嶺あり
惜春や土塊ほろと美々貝塚
電光ニュース旅に五月の雪が降る

水芭蕉ひとりの影を追ひながら

白木蓮戸毎清らに屋敷林

利尻岳卯月の浪に従へり

潮入りの中の水音夏はじめ

そばへ降る峠しみじみ夏のにほひ

アカシア咲く北の母子像たくましく

花りんご土間に昼餉をいただきぬ

またたびの花や浪音はるかなり

蓮池や一会のひとの遠会釈

しみじみと己にかへる土用灸

蔓でまり山を映してカルデラ湖

夏ひばり舟塗る砂丘どこまでも

えぞ萱草怒濤切り岸駈けのぼり

原生花園涼風のどこまでも

少女らの碧が涼しとシャガール展

秋冷の山脈はるか浚渫船

渓流の海へひとすぢ鳥かぶと

早稲の香や二風谷村に谷いくつ

コスモスや日日ゆるやかに開拓碑

沙流川のこゑともならず雁渡し

鳴渡るアッシの筏をひびかせよ

野分してチセの廂の低きまま

平成二六年

大路来て楢の葉柏風冷す

鴫ちどり砂州の足跡露けしや

岬の木帰燕の羽音ためらはず

さざなみや秋の沙流川夜も絶えず

畑仕舞母の姉さん被りかな

干菜吊る日向を蜂の歩むなり

中学生サドルにちから雪くる前

登校児サイクリングロード根雪くる

凍みる夜や友のすさびの林檎ジャム

旅二夜瀬音の絶えず初冠雪

ひさびさの唐招提寺初しぐれ

片しぐれ鑑真御廟拝しけり

冬ざくら柩を落とす比丘尼寺

寒椿水辺のとほく車椅子

百日紅枯れ枯れとして人寄せず

師の『山河』不意に迫りぬ読初め

草氷柱ひそかに瀬音透きとほる

夕み空ゲレンデは灯のつらなれり

侘助や阿修羅の眉根いとほしく

鳥屋哀し孤火急ぐ防風林

雛用意上枝に雪の淡きまま

山雀や小家の氷柱ゆききして

薬袋さげ啓蟄の水明かり

鳥曇り水のまよへる勇払野

来し方や小声ながらも鬼は外

大ざくら咲き満ち雨を呼びにけり

仮の世といへど我が世の桜かな

帰路急ぐ胸の低さに雪解星

春が来る木の根明かりにみそさざい

残る鴨寺門の流れ驚かす

太平洋馬柵に五月の雪が降る

隠沼や夕風なびく水芭蕉

水芭蕉女子大学の庇のび

信号機わたる下校児緑立つ

山のある村がふるさと北辛夷

糺の森水のにほひの草蛍

水流れ雅楽の調べ蛍の夜

水の音白きひかりの半夏生

風少し吹いて寺苑の半夏生

山路来て夏草払ふくれなゐの歌碑

山の風とどく塔頭半夏生

端居して白にやすらぐ半夏生

初咲きの石楠花一枝届きけり

麦秋や裸馬駆け牧乙女

谷空木砂嘴とほくして車窓かな

青葭原往きて戻らず小葭切

晩年の秋やハイネの詩もなく

磧路のぞけば留守の鮭番屋

瀬渡しを急ぐ釣舟神無月

行きずりの異国の水夫も雁の頃

通学路平行線に草の花

稲雀田の面を風の早めけり

峠口薄黄葉して岳樺

突堤に月のおくれて烏賊釣り火

住めば都子供神輿を追ひかけて

平成二七年

またひとつ病殖やして秋の暮れ

柳葉魚舟待つ浜に七輪炎上げ

柳葉魚すだれ真向く葦原水溢れ

石狩湾潮の満ち干や稲雀

秋の暮耳門を辞して二尊院

雪催ひ藻岩の裾野平らかに

滑り台すつくと立つ子銀杏散る

校庭の雪降りつづく柏原

氷下魚スノーモービル魚跳ねて

凍土帯靴音ひびく夢の中

初鴉飛び立つ一樹雪の嵩

住み替へて我が家と思ふ松飾り

柚湯して独りの時を惜しみけり

煤逃げのごと曾孫と書肆にあり

生きるとは戦に似たり屠蘇の酔ひ

白魚網真水のひかり放ちけり

三寒四温かもめの並ぶ苫屋かな

牛飼ひに流氷の闇しんの闇

流氷や日暮にはかに牛の里

流氷や牛飼ひ村に灯のひとつ

図画の山　平成一〇年四月

木華咲き朝の光りの古代文字

眠る山窟に描かれし画か文字か

潜きても浮ても鳰に吹雪く湾

寒土用魚躍るこゑの海へ出て

崖氷柱魚箱打つ音かへりけり

魚の腑をかもめにも分け寒暮かな

ロシア文字殖えて小樽の月冴ゆる

木の霊を祀る岬や笹起きる

大鷲の肩誇らかに夕日の木
大鷲に沼氷らせてサンクチュアリ
沼の鳥すでに細身よ雪陽炎
水鳥の夢のかすかに凍湖明く
雪の夜に生れ羊の一歩あり
寝坊の白鳥分校のチャイム鳴り

図画の山スキー学習始まれり

草霧氷して青鷺の流れかな

地吹雪て墓やも知れぬ石の塊

鼬罠かけて沼の日巡りけり

馬の目に映る青空霧氷林

馬術部の飼葉の湯気も零下かな

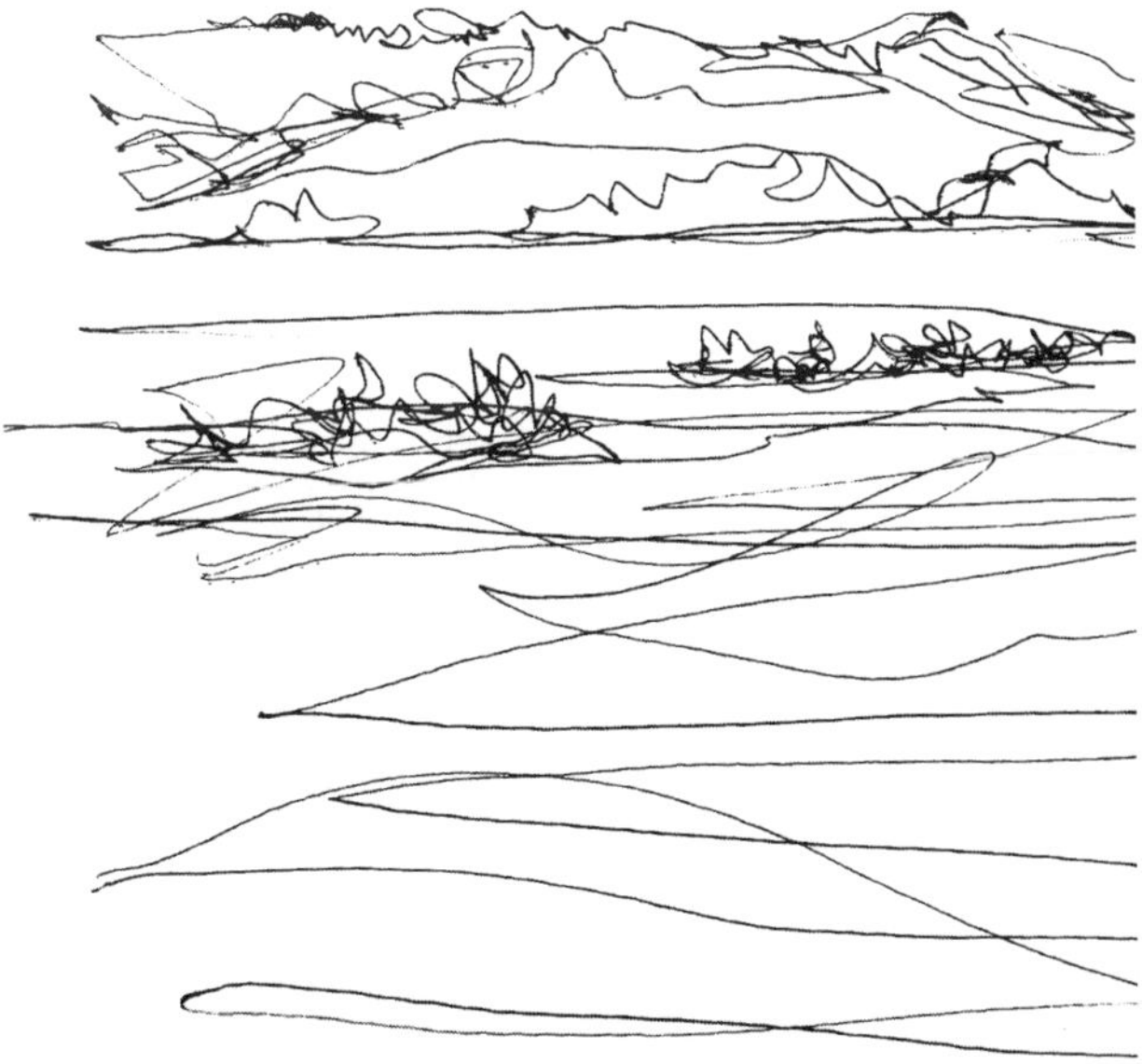

百鳥特集頁・コラム

穂咲下野

八月二日。江別、札幌の三人で苫小牧駅下車。駅では「百鳥」をかざすまでもなく、すぐに声をかけられた。五人が出会って即吟行。吟行の場所は、北海道大学苫小牧地方演習林。昨夜の雨の湿りの中、林中の径を散策。

演習林の中は広大で、歩くほどに沼あり川あり、小さな橋が架かり、澄んだ空気はすでに秋であった。草丈の高いピンクの花。私には初めての出会いの花。福地真紀さんに「ホザキシモツケ」と教えてもらう。

吟行後、真紀さん宅にて、席題五句の句会。全員初対面にもかかわらず、十年来の知己のごとくにて、何とも楽しい充実した刻を過した。帰宅後、忘れないようにと「ホザキシモツケ」を図鑑で調べると、バラ科「穂咲下野」とあり、苫小牧の写真がのっていた。

九月の五人の会は、暴風雨の中の苫東の港吟行。十月は札幌の北大植物園の吟行を予定。北海道各地のそれぞれ一人乗りの舟から、五人乗りの船になり、大海原に出港する。

（『百鳥』平成九年一月）

こんにちは

氏名　野々村　紫
住所　北海道札幌市

大串章先生は、総合俳誌の俳句、評論などで存じ上げていました。「百鳥」の創刊を知り、即参加を決めました。

その頃の私は、所属していた俳誌が突然終刊になり、茫然とした迷いのなかに過ごしていました。これからは、誰にも告げず、知り合いのいない「百鳥」のなかで、ひっそりと自分の俳句の道を歩きたいと思ったのです。

俳句との出会いは、二十代後半の療養中でした。病気は回復しましたが、子育てに追われて月日が経て行きました。やっと子離れが出来て俳句に戻りましたが、またもや休むことになってしまいました。「百鳥」に入会させていただき、唯々有り難いと思っています。

福地真紀さんの来道で急に若い仲間が出来、よい刺激になって楽しく学んでいます。

空腹の鳥来て萌えしばかりの木
鰊不漁気まぐれ雪の海に降る
突堤に貝割る鴉十二月

（『百鳥』平成九年一〇月号）

鮎の里――鍛錬会に参加して

黒羽は、「おくのほそ道」のなかで、一度も足を運んでいない。この期を逃すことは出来ないと思い、参加を決めた。

前日は、白河の関、遊行柳を訪ねる。当日午前中に黒羽に入り、早朝の黒羽城址に立つことが出来た。秋冷の那須の山野を眺めて、芭蕉の世の遥かさが、しみじみと感じられた。

第一日目、大串主宰の挨拶より始める。句会、披講と進み、明るい名乗りが続く。

夕食懇親会、百鳥の仲間との楽しい語らいのひと時。お膳の中央には、当地名産の錆鮎が飾塩も美しく輝いていた。

第二日目、バスに乗り雲巌寺吟行。「木啄も庵は破らず夏木立」の芭蕉の句碑があり、広い境内で、静かな時を過ごせた。

句会の最後に主宰の講評があり、一人ひとりが、参加出来たことの喜びと、確かなメッセージを受け取ったことと思う。

帰途、夕暮れの那珂川には、鮎を釣る人影が、二三見うけられた。

（『百鳥』平成一四年一月）

北の句会から――各地展望

「札幌句会」は、札幌、苫小牧、江別、北広島、小樽等の誌友で、毎月例会一回、吟行一回を淡々と真面目に行っている。例会は、十名前後で活発な意見の交換もあり、楽しい句会である。吟行は札幌近郊の日帰りが多く、年一回は一泊吟行を心掛けている。

昨年の七月、積丹半島一泊吟行を行う。遠路を太田土男さんが参加された。晴天に恵まれ、積丹はお花畑の盛りであった。植物学が専門の太田さんに色々と教えて頂き、充実した吟行であった。神威岬断崖を萱草の群落が海へなだるる景は壮観であった。夜は山寄りのロッジ風のホテルに泊り、海の幸の夕餉を満喫。その後二回の句会、翌日の昼一回、計三回の句会を懇切な指導のもとに行い、真の俳句に触れることが出来た。感謝の気持ちでいっぱいである。

「札幌句会」は、故福地真紀さんの来道を機に吟行を主体にした「童の会」が出来、それを引き継いでの句会である。これからも、吟行に重きをおき、研鑽を積み重ねていきたいと思っている。

五周年に馳せ参じてよりの歳月の流れは、喜びもあり、悲しみもあり重い五年間であった。無事に十周年を迎えることが出来て、ひとしおの感慨がある。

今のところ、「百鳥札幌句会」として、俳人協会札幌支部に何人か所属しているが、これからは横の交流も大切にしていきたいと思っている。

未来の希望としては、北海道は広い地域であり、札幌以外の地域にいくつかの「百鳥」の俳句会を作りたいと願っている。

中央から離れているとはいえ、現在は音楽・文芸を問わずあらゆるジャンルで、グローバルな時代であり、俳句も例外でない。

明治時代より北の大地を詠じた、傑出した俳人も多い。札幌の「百鳥」の仲間も大いに、フロンティア精神をもって羽ばたくことを期待している。

（『百鳥』平成一六年三月号一〇周年記念号）

まさをなる

巡視艇吹雪くや北へ潮流れ

まさをなる雪後の空と水平線

風花や稚貝の桶の潮しづく

粉雪の中蛸壺潮にしづめけり

真冬日の澪を気ままにしのり鴨

網倉に錨四五本吊す冬

梵天に松結はへをり不凍港

待春

海が見たくなると、私はいつも小樽に向かう。札幌駅を出て、列車に三〇分程乗ると、港町小樽に着く。

港に下る坂道は、雪道というより氷の道で、北国育ちの私も半歩ずつ歩く。往き交う人々は、亜細亜系のツアー客で、その大勢なのに驚く。少し前までは、露国の人が多かったと思うが、世の移ろいを感じる。ようやく運河のほとりのホテルに辿り着く。いつもは日帰りの小樽のミニ旅行だが、この度は泊ることにした。窓の景色は夕暮れとなり、運河にはガス灯がともり、煉瓦の倉庫群が克明な影を映し、静まり返っている。

翌朝、雪のちらつく中、かつて鰊漁で栄え、今は静かな漁村のたたずまいを見せる祝津

浮寝鳥波の穂に乗り波に消ゆ
夕凍みの対の灯台明滅す
鳰鳴くや闇しろじろと運河凍つ
雪にただよふ揚船の吃水線
凍日吊して揚船の集魚灯
水鳥や舟屋の土間に呼ばれをり
冬の雁魚箱に木の香潮の香
氷点下異国言葉の荷揚船

へ出掛けた。バスを降り、雪の中を見上げると、高島岬の突端に「日和山灯台」、右寄りに少し傾く様に「鰊御殿」、左側には「水族館」が見える。浜寄りの道を歩いて行くと、折から降りしきる雪が霽れて、突然太陽が表れた。逆光の中、ヨットハーバーの沢山の檣が輝き、隣の揚船が整然と並ぶ。唯々、雪の中に佇む。

早朝の作業の終った浜は、人影も無い。浜辺には魚網が積まれ、蛸壺、帆立貝の籠などの漁具が、雪を被って静まっている。船溜まりには多くの船が並んでおり、かすかに魚臭が漂う。降るだけ降った雪のあとの空は、雲ひとつなく真青で、やや弧を描いた水平線を境に、濃い群青の日本海が広がる。

白鳥は哀しからずや空の青
海のあをにも染まずただよふ
若山牧水

かじかみて海のひとつ灯どこへゆく

貨車通過駅員海へ雪を掻き

雪の日暮れて入港の灯がひとつ

冬百日岩に海鵜の脚が透き

裏口に潮満ち冬も果てしかな

廃船のマストにけふも浜がらす
　鳴いて日暮れる張碓の浜　並木凡平

若い頃覚えた牧水の歌や、小樽の歌人凡平の歌は、忘れることができない。

春めきし雪の小樽の列車音　飯田龍太

醜雪に演劇の灯や多喜二の忌　末永龍

龍太は一時期毎年来道されており、小樽の句が懐かしい。末永龍の句は、小樽の俳人ならではの句であり、彼とは句会を共にしたこともあった。海を前にあれこれと思い出していると、真冬の海でも、寒くはない。

　小樽の中でも祝津漁港は、灯台、鰊御殿、ヨットハーバーと旧いものと新しいものとが、何の違和感も無く、雪の中に納まっている。

　漁具の陰の僅かな冬草と共に、深雪の漁港はひたすら春を待つ。春を待つとは鰊群来を待つことであると思う。

（『百鳥』平成二一年四月号）

北海道大学植物園

剪定の一枝晴れたり日本海
二月尽葡萄の蔓を薪に積み
放流の稚魚に涅槃の雪となり
北辛夷木橋に鳩と鴉かな
水禽舎四月の雪を置き去りに
立金花アイヌの木幣《イナウ》ゆれもせず
鎧戸のある街角や燕来る

野に遊ぶ

札幌の春は、辛夷、桜、水芭蕉、えぞの立金花、様様な樹木も草花も一度に開花する。家家の庭は、躑躅、牡丹、石楠花が競演し、足元にはスズランが香る。続いて、ライラックやニセアカシアの甘い香りの下を、ヨサコイの踊り子が舞う。チングルマや礼文敦盛草、黒百合等の可憐な高山植物にも、街中の北大植物園で会える。原始の姿を今に伝える楡の巨木や小鳥達やエゾリスと共に。クラーク博士の進言により造られた植物園には、北方民族の貴重な資料、開拓歴史の博物館もある。澄んだ空気の中、華やかに賑やかに過ぎゆく札幌の、春から夏の季節が好きです。

（『百鳥』平成二八年一〇月号）

春の暮影絵のごとく網繕ふ

花サビタ魚梯に昼の透きとほり

石倉は群来のなごりや桐の花

川幅の網かけてあり花萱草

浜昼顔舟をつなぐに石ひとつ

草原の沼より暁けて小葭切

橡咲いて先住の川ひびきけり

楡の洞透けて夏ゆく植物園

自句のほとり(38)

西日落ち山羊と道みち話しけり　(「百鳥」平成七年一〇月号)

早朝山羊と綿羊を、樹の下に草地に連れて行き、夕方迎えに行く。時に早く帰りたくて、彼らはガランガランと鉦の杭や鎖を曳きずって走る。山羊は乳を搾り、綿羊は毛を刈り紡いで、ベビー服を編んだ。五十羽もの鶏を飼い、子ども達に毎朝卵かけ御飯を食べさせた。終戦後の疎開先で、元気に逞しく子育てをしていた頃を思い出して詠んだ一句。

遡る柳葉魚に牧の空があり　(平成九年二月号)

漁終へし漁夫の昼酒軒つらら　(平成一七年四月号)

北大演習林、日高の牧場、鵡川漁港等等、苫小牧の福地真紀さんとの「童の会」吟行。真紀さんは浜のお母さん方とも馴染みで、採ったばかりの柳葉魚を七輪で焼いてくれる。時には、漁師達行きつけの食堂での美味しい昼ご飯、その後は真紀さん宅での句会。いつも充実していて楽しかった幸せな時間。札幌の句会にも参加して、私を支えて下さった真紀さんへの感謝と、哀悼の気持ちは尽きません。

ためらはず中也の墓に草矢打つ　（平成一二年八月号）

月の暈河鹿のこゑを殖やしけり　（平成一二年八月号）

山口市での第一回同人鍛錬会。第一句は主宰が特選に選んでくださった句。吟行後の句会でも第二句を初めとして、多くの句が選ばれた。遠く北海道から参加して、いっぺんに全国の「百鳥」の誌友と仲間になれたと、嬉しくて実感できた時の句です。

寒暮光石棺花も燭もなく　（平成一〇年四月号）

ピサの奇跡の広場に建つ鐘楼（斜塔）、大聖堂、洗礼堂を見学した後、その脇の建物カンポサイト（墓地）で詠んだ一句。静謐な大理石のただただ白い空間に、光りだけが満ちていた。思い返すと私は、どの旅でもお墓参りをしていた気がする。サン・ピエトロ大聖堂はペテロの墓であるし、京都では、落柿舎で去来の墓を撫で、金福寺で急な階段を登り、蕪村の墓に参り、五色散椿を愛でようと訪れた地蔵院では、思いがけず夜半亭巴人の墓を知り、お参りした。

旅の終わりはいつも、膳所の義仲寺の芭蕉さんにお参り。少しは俳句が上手になったでしょうか。

あはうみのこたびもしぐれ芭蕉の墓　（平成二一年四月号）

（『百鳥』平成二八年九月号）

歳時記・俳壇など

『角川版ふるさと大歳時記　北海道・東北ふるさと大歳時記』

風すぢに浮巣みてゐる酪農生　（浮巣・札幌野幌原始林大沢沼）

烏賊漁や星におくれて二十日《はつか》月　（烏賊漁・積丹半島美国）

岩祀る波折れやすき女正月　（女正月・定山渓）

出港の水先曇る鳥総松　（鳥総松・小樽港）

葉がくれの鵙に低温研究所（低温科学研究所・北海道大学）

突堤に貝割る鴉十二月（小樽港・小樽）

原生花園雲雀の巣よりこゑ洩れて（ベニヤ原生花園・宗谷岬）

（角川書店、平成四年）

『第三版 俳句歳時記』

新年の部　鳥総松《とぶさまつ》

門松を取り去った跡へ、松の梢を挿したものを鳥総松という。元来、鳥総とは、樵夫が木を伐ったあとの株に樹霊を祀るために挿すその木の梢のことといわれる。鳥総松も門松を取ったあとに挿すことからこれと同義であると思われる。

出　港　の　水　先　曇　る　鳥　総　松

野々村　紫

（角川文庫、平成八年一一月二五日初版）

『小樽歳時記』小樽俳句協会編

火の透る一片の肉啄木忌（啄木忌）

靄うすれうすれせり出す青岬（青岬）

野鷄のこゑ乱礁の夏を呼び（鷄）

野葡萄の花芽の奥に神威岬（野葡萄）

九月はや青鳩群るる礁平ら（九月）

桟橋の見ゆる理髪屋雁渡し（雁渡し）

から松に馴染みの鵙の子潮曇り（鵙）

行きずりの異国の水夫も神無月（神無月）

突堤に貝割る鴉十二月（十二月）

苫屋より岩にみぞれて海の虹（霙）

鵜が潜る波のひだより吹雪く湾（吹雪）

結氷音鴨の浮身の夜明けたり（鴨）

俳人協会北海道支部大会

前浜に雪のふたたび鰊汲む

どこまでも荒鋤の畑さくらかな

地平線北帰の雁を残像に

斑雪岬晴れんばかりに稚貝選る

リラの風路上ライブの声のせて

碾臼に使はぬ月日花うばら

郭公や岬のつづく御料牧

大鷲を据ゑて流氷帰りけり

藪巻やどの雀にも一位の木

冬菜畑一人の影をこぼしけり

『俳壇』「特集　いよよ華やぐ八十歳からの俳句人生」平成二一年六月号

小鳥籠吊してよりの春の山

春の雪白鷺の白降り残し

『俳壇年鑑』自選句集掲載

試験圃の畦をきままに雀の子（平成一八年）

閨秀の若書きの稿雁渡る（平成一九年）

炭窯に樺の切口ならぶ冬（平成二〇年）

梟の瞑想冥の雪が降る（平成二一年）

せつせつと砂場の灼けて子がひとり（平成二二年）

土間びしよ濡れに平成の鰊群来（平成二三年）

歩くほど空のつながる菖蒲原（平成二五年）

大ざくら咲き満ち雨を呼びにけり（平成二五年）

早稲の香や二風谷村に谷いくつ（平成二六年）

流氷や牛飼ひ村に灯のひとつ（平成二七年）

楡の洞透けて夏ゆく植物園
（平成二八年）

編集を終えて

〔長男北大医学部入学〕
楡の東風子に学問の道ひらく

昭和三十年代、大学構内に合格者の名前が貼り出された。「俳句は子育て日記なの」と言っていた母・紫は、それを一人で見に行きこの句を詠んだ。

〔次男小学入学〕
学帽に軀を泳がせて吾子入学

〔『氷下魚』巻頭〕
夕東風に声さらはれて姉弟愛

しかし、その子育てのために、俳句は中断を余儀なくされる。そして『雲母』再開後は、生活すべてが俳句であった。

俳句は、〝古典と自然より学ぶ〟ということを悟った母は、大学の先生を招聘して「古典の会」を立ち上げ、万葉集・平安文学を読むようになる。「日本野鳥の会」にも入会し、双眼鏡を首に下げ、プロミナを背負って野山を歩いた。毎月の句会や吟行には雨が降ろうが雪が降ろうが必ず出席。動いている交通機関が地下鉄だけという猛吹雪のときでも出かけた。

旅も俳句だった。『奥の細道』ゆかりの地などに行っていた。落柿舎・幻住庵・西行庵も訪れ、金福寺では芭蕉庵で一休みして、石の階段を登り、蕪村の墓を詣でた。義仲寺の芭蕉の墓には、幾度もお参りしている。放哉や山頭火の墓参りにも。

わからない言葉や季語があるとすぐに調べられるように、書籍も揃えている。『日本国語大辞典』二十巻（小学館）、『大漢和辞典』十三巻（大修館書店）、『世界大百科事典』三十六巻（平凡社）ほか、植物や鳥の図鑑等多数。『図説俳句大歳時記』五巻（角川書店）が刊行されたときは、完璧な内容と立派な装幀に感激していた。『カラー図説日本大歳時記』五巻（講談社）は季節に合わせて机の上。小型の歳時記は子どもたちの家にも置いていく。現在、吟行のお供は『電子版広辞苑』。

所属の俳誌だけではなく、総合雑誌も月二誌以上定期購読し、現代の俳句を学んでいた。

平成四年、突然『雲母』誌が終刊となった。俳句に情熱を傾けていた母にとってはとても残念なことであった。その後も長い失意の日々が続く。

平成六年『百鳥』誌が創刊されると、「自分より若く気鋭の師を選ぶ」と入会。大串章先生に師事することになった。

俳句は、年齢も性別も地域も学歴も職業も関係なく、師の元でひたすら研鑽を積む。『百鳥』同人にも推挙され、多くの誌友に恵まれ、至福の刻を共有できるようになった。鍛錬会にも参加して次の句を詠んでいる。

ためらはず中也の墓に草矢打つ

これは師の特選を戴いた。

長い療養生活の中で俳句を学び、大病や大手術も繰り返してきたが、後遺症もなくいつでも俳句に復帰してきた母・紫。家族はみな「俳句薬」と言っていた。『百鳥』誌が生きる力になっていた。

昨年は車椅子でも植物園に取材に行けたのが、九六歳となった今年は、外出が難しくなると、「風が吹いてない。空気の中にいないと句が出来ない。写真やテレビで作ってはダメ」と句作を止めてしまった。以前から「歳時記に載ってるから句集は出さないの」と言っていたが、厖大な量の句帳（ノート）を見て「今までの俳句を一冊にまとめて、句集にしたら」と提案すると、にっこり頷く。

大串章先生より「句集上梓、諸手を挙げて賛成。『百鳥』誌掲載作品も結構。『百鳥叢書』の一巻に」とご承諾を戴く。

本当に、嬉しく心より感謝申し上げます。

本書は、初期の作品から一句の削除もせず、そのままの形ですべてを制作年代順に収録した句集である（二五四一句）。

俳人・野々村紫のありのままの人生を世にさらすことになる。

生の確証たる俳句という芸術を九六歳までやり遂げることは、紫にとっては必然のことであっただろうと、絵描きの娘は不遜にも思う。多くの方々のあたたかいご支援によって句集『楡の東風』は上梓できました。

伊藤凍魚、飯田蛇笏、龍太、そして大串章に師事した紫の俳句の旅は、戦後俳句の王道を歩いてきたと思う。

そして子育ての日記は、家族みんなの歴史に。

煤逃げのごと曾孫と書肆にあり

二〇一七年八月　石川絢子

野々村 紫（ののむら・むらさき）
1920年（大正9年）北海道生まれ。
20代後半の療養中に俳句と出会い、伊藤凍魚〈氷下魚〉、
飯田蛇笏・龍太〈雲母〉、大串章〈百鳥〉に師事。
現在、『百鳥』同人、俳人協会会員。

句集《くしゅう》 楡《にれ》の東風《こち》［北海道《ほっかいどう》くらしのうた3］　（百鳥叢書《ももどりそうしょ》第101篇）

発　行　2017年（平成29年）9月25日 初版第1刷

著　者　野々村 紫

発行者　土肥寿郎

発行所　有限会社寿郎社
〒060－0807 北海道札幌市北区北7条西2丁目37山京ビル
電話 011－708－8565　FAX 011－708－8566
E-mail doi@jurousha.com
URL http://www.jurousha.com/
郵便振替 02730-3-10602

印刷所　モリモト印刷株式会社

ISBN 978-4-909281-05-0 C0036